我老不确定，因为我常常需记起那些过去的事情……有些过去的事情永远咬着我的心，我说出来，你们却以为是个故事。没有人能够了解一个人生活里被这种上百个故事压住时，他用的是一种如何心情过日子。

——沈从文

白夕光

惠子 著

南方日报出版社
NANFANG DAILY PRESS

白月光　心里某个地方
那么亮　却那么冰凉
每个人　都有一段悲伤
想隐藏　却欲盖弥彰
白月光　照天涯的两端
在心上　却不在身旁
擦不干　你当时的泪光
路太长　追不回原谅
你是我　不能言说的伤
想遗忘　又忍不住回想
像流亡　一路跌跌撞撞
你的捆绑　无法释放
白月光　照天涯的两端
越圆满　越觉得孤单
擦不干　回忆里的泪光
路太长　怎么补偿

烽雄

《白月光》歌词作者

序

看得见的自己和看不见的自己说话

做DJ的生活是我到目前为止最难忘的。感谢惠子的故事让我又回忆起那段日子，而这感谢后面多少还是带着些钦佩和嫉妒的：钦佩她有勇气敞开电台直播间的大门给原本听收音机的人，嫉妒她能把貌似有趣实则单调的电台DJ的生活编织得如此跌宕。

曾经有一段时间，很多人都很钦羡电台DJ的工作，可以和看得见的自己和看不见的自己说话，而这话还有人愿意听，愿意分享，愿意共鸣，于是成就感油然中来。而大多数人只看到这成就感即便钦羡之，追逐之，趋之若……，不一定是骛，但至少有些盲从和冲动，殊不知这成就感的代价挺贵的，其实细细想来，其他行业应该也大抵如此，成就感贵却用钱买不到的。

所以，感谢、嫉妒和钦佩继续交织着……

感谢惠子把看得见和看不见的自己撕扯开来，而这自己貌似也有陆凌涛的影子，黄凡的影子，伍洲彤的影子……

都说电台节目最好做和最不好做的就是夜间节目，好做是因为故事很多，不好做也是因为那些别人的故事，在夜深人静的时候，很难不影响到自己，夜间节目主持人不是心理医生，也不应该是，或许能做个倾听者已经很不容易了，有心人则能把这些别人的故事和自己的故事串起来，于是我们看到了惠子的这本书。

如果你想成为一个电台主持人，如果你想了解电台主持人除了每天或者每周坐在话筒前那几个小时之外都在做些什么，或者为了这几个小时都做了些什么，这本书应该是最清楚和透彻的，但其实你最该做的还是把它当作一个美好的故事，千万别当真，每个DJ都有自己的生活，但或许只有DJ的生活才是所有职业当中最入戏的。

有位前辈曾经告诫我辈DJ：做主持人的总是有两个自我，大我和小我，他我和本我，看得见的我和看不见的我。当时听起来总觉得头大，在离开直播间很久以后，我似乎才慢慢地明白，这么多的我，其实加在一起才是真我！

感谢惠子。这段故事，这段回忆，这段青春，这段生命的必经之路，我们曾是同行！并一起走过。

陆凌涛

（陆凌涛，原北京人民广播电台音乐台编辑主持，资深电台DJ）

引子

白月光患有比较严重的强迫症。

关于强迫症这件事，白月光听过的最得心意的说法是：所有的天才尤其是艺术家都有强迫症。尽管这句话每每会引起白父极大的反感。

白老爹是个半吊子中医，他在白月光背包里装的那本流行的《身份的焦虑》的书底上写道："中医学没有强迫症病名，它的症状与中医的'惊悸'、'怔忡'相似，一般虚证较多，但也可以有实证。强迫症的产生主要是因为禀赋不足，素体虚弱或久病失养，劳欲过度，气血虚弱，心失所养，以及平素心虚胆怯，突遇惊恐，逆犯心神，病变主要涉及心、肝、脾三脏……"

白月光看到书后面这些话的时候正在上厕所，尽管气不打一处来，她也没办法迅速冲进房间里去质问她老爸。所以她半气半怒地抽完了手里的那根中南海。回头在马桶盖子上找了半天，发现那个小烟灰缸被父亲洗过之后又忘记放回到原处，于是她只好把烟头在铁红色的下水管道上蹭灭，转身丢进手纸篓，她冲了水，揉了揉久坐得有些麻痹的小腿肚子，抬手又冲了一次水，走出洗手间。

洗了手之后，白月光忽然感觉那个烟头似乎没有完全熄灭，她把书夹在胳肢窝里，又推开厕所门，看了看纸篓，随手拎起热水器的莲蓬头，开了水管浇进那一坨坨的手纸里，大约有五秒钟，然后她关了水，再冲了一次马桶。

你在干吗？白爸爸从一杯已经喝得发白的浓茶里抬起眼睛问女儿。

白月光没有回答。把一直夹在胳肢窝里的书“啪”一声摔在茶几上。转身又回到厕所。她仔细看了看已经被自己浇湿了的手纸篓，似乎还是有些不放心，总觉得那个烟头随时会燃烧起来，于是她从马桶后面拎起洗厕所的毛刷子，使劲摁进那一堆已经被浇湿的手纸，那些潮湿的纸张迅速被压扁。白月光稍微有一点反胃，她习惯性地屏住呼吸，然后用指头间捏住垃圾袋，旋转了两圈，开了门丢进了一楼的垃圾堆。

你在干吗？白爸爸站在门口一脸迷茫看着女儿。

月光还是没有回答。从他的右侧闪进房间。从茶几上拿起那本书：你能改一改在我的书上乱写乱画的习惯么？

白爸爸站在房间门口，一脸严肃看着女儿，好像在思索着什么重大问题：你到底在干吗？

你为什么和我说话总是在不断发问，你能不能不问？

不问的话……白父迟疑了一下：不问我怎么和你对话？

你觉得一个人问，两个人就可以对话么？

好吧，那我不问了。白父妥协了：但你至少告诉我，你到底在干吗行么？

白月光有点抓狂：你觉得我在干吗？

你回答爸爸的问题能不能不要总是用问句？轮到白父不让女儿发问了。

可以。白月光从父亲的房间里走出来，一脸焦虑：我现在说的这两个字就是句号。

这是她这个星期和父亲说过的第七句话。也是这个星期的最后一句。

这是一个星期三的晚上。一个八月的刚开始的星期三的晚上。离白月光上班的时间还有两个小时的八月刚开始的星期三的晚上九点。

白父看着女儿头也不回“咣当”一声关上了房间门，忽然在这个瞬间想到一句话：“孤独是联系彼此的纽带。”虽然他也不怎么弄得明白脑子里为什么会忽然跳出这样一句文艺腔十足的话。

接着他回到房间，想起什么似的，从水池里捞出一个小小的洗干净的烟灰缸。放回到洗手间里。同时他非常清醒地意识到，自己和女儿之间想要沟通是无可能的，但他对女儿心里又存在一些温暖，恐怕这样也是好的。可以抵消很多自身或者是女儿给他造成的更深的孤独感。

但同时，他对这种“无可能”的意识，随着女儿和他相处的时间越多，也就更加清晰。

我这个丑的好像小野兽的女孩子，
爱着月光，
这一点她一直都知道。
她只是知道，
她接不接受我不知道。
在我看来，
她没有反抗我对她的爱，
这已经是一种接受，
我很知足。

A

“您是这座城市上空的一盏指路明灯！”

“别别别……您千万别这么说……您就直接说，您有什么事儿想和我交流吧？”

“您真的是这座城市上空的一盏指路明灯，指引很多迷途的人！”

“好吧，我是明灯，您迷路了么？”

“您点燃了自己，照亮了别人！”

“那是蜡烛，不是灯。您能说说您的问题么？”

“您辛苦了，您是这座城市上空的一盏指路明灯，您……”

“切出去。”白月光按灭了通话键，冲着玻璃窗外面一直捂嘴憋着笑的小导播做了一个挥刀斩断的手势。

她没有关闭自己的话筒键，只是稍微歪了歪头轻轻咳嗽了一声。又向导播投去一个询问的眼神。小导播晃了晃挂着一对塑料小熊耳环的脑袋，迅速抬起右手，伸出两个手指，那代表线上还有两路电话在等候。

白月光恢复了一贯冷静平和的声音："我们有请下一位……"

"喂？"

"喂！"

"你好，我是月光，你的电话已经接进直播室了。"

"哦……"

"怎么称呼您？"

"我姓陈。"

"陈先生，你好！"

"先生？"电话那端犹豫了一下，"我不是先生……"

"哦？你是小姐？"

"不是……"那个清脆的男声有些着急，"我只有十八岁。"

"十八岁也是男的啊，不能称呼你为先生吗？"

"呃……"对方显然很紧张。

"好吧，"白月光自己打圆场，"陈同学？"

"嗯，是的。"对方的声音像是松了一口气。

"你好，陈同学，你的电话已经接通了，你可以大点声么？"

"哦……"

"你不用紧张。"白月光揉了揉左边的太阳穴，把对方的通话键往上推了推，"你怎么了？"

"我……"对方很迟疑，显然是听到上一路电话里这个主持人的不耐烦，"我……有点紧张……"

"是我让你觉得紧张吗？"

"有一点……呃……也不是……其实……是我第一次打电台的热线节目，所以有点紧张……"

"哈……你不用紧张，我每次接到电话听到说是第一次打进来，也会有点紧张呢。"

“是吗？”对方显然不太相信，“你每天接这么多电话也会紧张啊？”

“当然啊，”白月光开始缓和气氛，“如果每个人都紧张地说不出话来，这个节目就没办法进行下去了，我怎么会不紧张呢？”

“呵呵呵呵……”

她听到耳机里传来的笑声，满意地把撑在直播台上的手臂抱回到了胸前：“你打电话给我，有什么事要说么？”

“有。”对方的声音好像在下决心，“我失恋了。”

“是吗，十八岁的陈同学，你能告诉我这是你第几次失恋么？”

对方不假思索地回答：“第三次。”

月光听到这个回答，不由自主从鼻子里发出一声“哼”的音节：“前两次是几岁时候发生的？”

“第一次是我十六岁，第二次是一年前。”

“十六、十七、十八……你每年失恋一次？”

“呃……对。”

“我可以理解为你从十六岁开始，每个三百六十五天里就经历一次从开始到结束的恋爱过程么？”

“呃……对。”

“第一次是你的高中同学，第二次还是你的高中同学，第三次也是你的高中同学，我猜得对么？”

“不对。”

“哦？那么……”她又沉默了两秒钟，“第一次是你的网友，第二次还是你的网友，这一次又是你的网友，对么？”

“也算对。”

“也算？”

“我们见过面的。”

“哦……见过面的网友？”

“对。”

“那还是网友啊？”

“但是我们见了面的。”

“好好好……”白月光很怕这种绕圈子的答案，“你的网络女朋友怎么你了？”

“她……”对方似乎很伤心，声音接近呻吟，“她……她和我的兄弟好上了……”

“兄弟？”白月光开始装糊涂了，“你哥哥？”

“差不多吧……”

“差不多？到底是哥哥还是弟弟？”

“我不知道他比我大还是比我小。”

“呀？！”白月光装惊讶，“你的兄弟你不知道是比你大还是比你小？那么你妈妈该知道吧？”

对方清了一下嗓子：“月光姐，他不是我的兄弟……”

“啊，你刚才不是自己说是你的兄弟嘛？”

“对……不对……呃……他不是我的兄弟……他是……呃……兄弟……就是……呃……”对方显然又紧张起来。

“嗯……就是你的男性网友。”白月光接上去。

“对嘛！”对方好像觉得白月光不太能听懂自己说话。

当然，她是装的。这是白月光最受欢迎的原因之一。她非常善于从每一个人的用词语句当中寻找漏洞：“网友是网友，兄弟是兄弟，这完全是两回事，我就奇怪呢，现在都是独生子女，哪里冒出那么多哥哥姐姐弟弟妹妹……”见对方不说话，白月光接着诱导他，“说说看，你的网络兄弟把你的网络女友怎么了？”

电话那端的呼吸声突然沉重了很多："我真的很喜欢她的……她开始也说很喜欢我的……但是今天晚上我兄弟告诉我说，我老婆给他跳舞了，但是之前我求了她很多次她都不肯。我去质问她，她说因为我兄弟求她，我说我之前还求过你呢，我的分数上不去的时候你都不肯跳，她说那还不是因为他是你的兄弟嘛，她说都是为了我才在他的房间里跳的。但是我晚上给她打电话她不接了，还说要和我分手，我又给我兄弟打电话他居然关机了，我觉得他们俩……"

"你等等你等等你等等……"白月光在直播室里皱起了眉，"你说的这都是什么乱七八糟的事情，什么房间？什么跳舞？什么什么分数？你们干吗呢？"

"是这样的，月光姐……"陈同学试图想用最简练的语言让白月光这个网络游戏的白痴明白，他在说的是一个聊天室。只要有女孩子肯在某个人开设的房间里跳舞，就会迅速拉升人气，房间的开设者就会加分，赢得好评，"我的兄弟每天晚上和我在一个网吧里上网，我老婆也是在那个网吧认识的……我们……"

"好了好了……"白月光打断他，她再次揉了揉左边的太阳穴，"我明白了，我想你们是在玩一种网络游戏，我没有兴趣加入其中，但是我听明白了你的故事。简单点说，这个女孩子愿意在你的这个网友的什么房间里跳舞为他增加人气，但是就算你求她，她也不肯在你的房间里扭上一扭。所以你觉得他们两个人呢，有问题，或者说是背叛了你，所以你很难受，失眠了，不知道该怎么办了，所以给我打电话，对么？"

"呃……"对方显然还有一肚子的委屈想说，"其实我每天晚上都听你的节目的，我觉得你特别……"

"别别别……别说我，你只要回答我，我刚才总结你的故事对还是不对就行了。”

对方犹豫了一下：“对……可是……”

“别别别……别可是，对就可以了。”白月光再次迅速打断了这个男孩子。

“对。”对方似乎感染了白月光的斩钉截铁。

“你想听听我的意见？”

“是啊……”那个声音听上去真是很困惑苦恼。

“陈同学，你今年读高中还是大学？”白月光转移了话题。

“呃……我已经不上学了，我在网吧工作。”

“啊？那你还否认我叫你陈先生？”白月光自己小声嘟囔了一句，“你在网吧干了多久了？”

“三年。”

“呵……”白月光拉长了声音，这也是她的招牌调子之一。她又抬头看了看玻璃窗外面的小导播，她正托着下巴听得津津有味，似乎在等待白月光的下一句话。每天晚上，收音机外都有无数人捂着嘴巴等待白月光语不惊人死不休的回答，她会用非常刻薄的话语把每一个有问题的困惑者逼进一个死胡同。

“月光姐，我真的很喜欢她……”对方又哀怨起来。

“嗯，”白月光咂嘴表示同情，“我知道，但是对方似乎没你喜欢她那么喜欢你。”

“是，”隔着电波也能感觉到那孩子的沮丧，“我该怎么办呢？”

“小陈，”她改了称呼，“你真的很想听我的意见么？”

“对啊……我觉得你特别……”

“好好好，我知道……”白月光再次打断他，“小陈，我的意见也许不怎么能安慰你，也许会让你更加郁闷，你也愿意听么？”

“愿意愿意愿意我愿意听，我觉得你特别……”

“我知道……”白月光这个晚上似乎非常反感在对话的过程中听到对自己的赞美，“那么你听好了，我对你的最基本的建议是：明天早上天一亮，你就到新华书店去，买一本《现代汉语大词典》，然后去仔细查阅一下‘老婆’以及‘兄弟’这两个词语的真正定义。”

白月光的语气非常温柔、缓慢，几乎是一字一顿的，尤其加重了“现代汉语大词典”、“老婆”、“兄弟”这几个词的读音。

“啊……”对方愣了。他当然不会想到白月光是这样的建议。

玻璃窗外面的小导播已经笑得把脸贴在了桌子上。

“没听明白么？”白月光还是装得一本正经。

“月光姐……”对方显然被吓到了，“我明白你的意思……”

“哦？”白月光坐直了身子，在话筒前表现出一副惊讶的样子反问道，“那你说说看，我是什么意思？”

“你的意思是……”对方说不下去了。

“我的意思是什么？”她开始咄咄逼人了。

“你的意思……你的意思……你的……意思……”

“我的意思是，你很没意思。”她的声音突然大起来，“小小一点年纪，不好好学习工作，十八岁就张口闭口老婆兄弟，你以为你是谁啊？令狐冲还是韦小宝？你们网络江湖上的事，我真是觉得，”她停了一下，“太——没——意——思——了——”

说完这句话，她不给对方继续发言的机会，迅速按灭了通话键，坐直了身子：“我得承认，我是个很古板的人，我不明白现在很多人的生活态度和方式。关于网恋这件事，几乎隔天就能听到许多稀奇古怪的版本，我已经分析解释得有点疲劳了，不知道你们听疲劳了没有，所以我不想再继续纠缠下去了。好像我已经和这个小陈纠缠了很长时间，我觉得自己都有点莫名其妙了，所以……”白月光抬头看了看直播室正前方的电子显示钟，然后冲小导播摇了摇头，“……时间也差不多了，我们来接今天晚上的最后一路电话。”

“喂，你好。”白月光进入下一个电话状态的速度快得惊人，这是常年热线处在爆满状态下的后遗症。抓紧每一分每一秒，挖掘与众不同的故事。

“喂……”对方是一个苍老沉重的声音，白月光似乎能感觉到对方含着一口痰在和自己对话。

“你好，怎么称呼？”

“我姓姚，女兆姚……”

“姚先生你好，你的电话已经接进直播室了，我是月光，你是今天晚上的最后一路热线。”

“哦，谢谢你啊月光小姐……”

“叫我月光就可以了，姚先生抓紧时间说好吗？”

“好的。”

“你有什么问题？”

“是这样的，我呢……身世特别凄惨……我……”

“姚先生，如果您要从少年时代的不幸遭遇谈起的话，我建议您还是挂了电话，明天晚上早点打来，我今天的时间不够了。”

对方显然不乐意：“我打了整个晚上才打进来，我两个小时都没停过啊……”

“那你就抓紧时间说，”白月光比他更不乐意，“把你的人生用三句话概括一下。”

“我呢……身世特别凄惨……我呢，现在是在医院里给你打电话的……”

“噢？你怎么了？”白月光语气稍微软了一点。

“我脑子里长了个瘤子，现在压迫神经，已经看不见了，明天要动手术了，我也不知道自己能不能过这一关……”

“嗯……”白月光很小心地打断他，“医生怎么说？”

“因为我是保外就医，所以医生不和我说，他和我儿子说的，我儿子也什么都不告诉我，他说我的医药费还没借齐呢……唉……呀……”对方长长叹气，“我觉得我真是很命苦啊，我这一辈子啊……”

“您等等……”虽然眼看着节目时间快要到了，白月光还是捕捉到了一个非常关键的词，“您刚才说您是保外就医？”

“对啊。”

“您……保外就医？呃……您判了多少年？”

对方迟疑了一下：“无期。”

白月光愣了一下，抬了抬下巴，发现外面已经在收拾桌子的导播也停下了动作开始听。

“我能问问您……姚先生……”白月光低头看了看手中的记录，确认自己没有喊错对方的姓，“您犯了什么法？”

那端的低沉声音咳嗽了一下，似乎把嘴里的痰咽了回去：“我年轻的时候不小心打死了我家的邻居……”

白月光眉头皱得更紧了：“噢……年轻的时候……您已经在牢里待了？”

“二十五年了。”

“您今年高寿？”

“我六十一了。”

“嗯……您坐牢的时候只有三十六岁。”

“对啊。”

“那时候您儿子多大？”

“十岁。”

“也就是说，他在长大的过程里，您基本上没尽到什么做父亲的责任，我可以这样说么？”白月光好像并不同情他。

“不是我不想尽父亲的责任……是因为……”

“是因为你没有这个机会。”白月光抢话很上瘾。

“对啊……”那个老先生好像很痛苦，“我一辈子也没做过什么坏事，我不知道老天爷为什么要这么对我，我儿子昨天还说，借不到钱就让我别做手术了，我……”

“啊？！”白月光这下是真的有点吃惊了，“你刚才说什么？你一辈子没做过什么坏事？”

“对啊。”对方的口气非常理直气壮，似乎还有点不明白白月光为什么惊讶。

“姚先生，”她的口气已经完全恢复了冰冷，“我想请问您一个问题，杀人放火是坏事么？”

对方不假思索回答：“是啊。”

“那么，”白月光咽了一口唾沫，“您似乎是杀了人吧？”这个“您”字里，已经听不出任何尊称的成分了。

“嘿嘿……”对方干笑了两声，“也是。”

“那你刚才说你一辈子没做过什么坏事？”

“呃……”

白月光一点抓住别人说话漏洞的成就感都没有，她觉得这个人好像思想不太正常，或者——压根是个法盲，坐了一辈子牢的法盲。

“说实话，我一点也不同情你。”她已经打算结束这个电话了。

“月光啊……”对方似乎把她当成知心人，“我也知道我错了……但是我现在心里特别难受，我心里很害怕做手术，你能……安慰我两句么？”

“哈……你还要我安慰你？”白月光哭笑不得，“好，那么姚先生，你听着，你死不了的，让你死在手术台上太便宜你了，你一定会好好地活着，回牢里继续赎你的罪，你放心吧。”

“你是说，我手术能成功？”

“当然能，祸害一千年。”白月光加了一句从她老爸那里听来的俗语。

“是……嘛……呵呵呵呵……”对方居然笑了起来，听得出是真心相信白月光的判断，“谢谢啊……我相信你说的，我死不了，谢谢啊月光……”

“啊？！”白月光又吃了一惊，“别客气。”

然后她再次切断了和对方的通话键：“今天晚上的热线接到最后，总算有点新鲜故事，各位觉得呢？”说着她将一张唱片放进了CD播放机中，“用一句老话来结束今天两个小时的月光热线：‘不是不报时候未到’，我是月光，各位晚安。”

白月光的结束语一向简洁，每每让人回味无穷。

“总在最关键的时候戛然而止，就好像电视剧演到高潮处却打出一行‘请看下集’的字幕，于是大众就追着不放，久而久之就上瘾了……”这是白月光在获得年度最佳主持人以及最佳节目时，她的台长在送评报告上签署的意见。

这些年来所有的获奖证书和评奖报告一直被白月光珍藏着。每每情绪崩溃的时候，这些奖状证书以及办公室巨大的储藏柜里用麻绳捆起来的信件就是她的安慰剂。给白月光写信的人，什么类型的都有，老人、小孩、高中生、大学生、下岗工人、残疾人、白领高管……甚至经常她会收到从大墙内写来的信，告诉月光她的节目，是偶尔值班时候偷偷听的，是一种力量，是一种精神药品，是支持他们重新做人的信念。

还有的中学生，因为知道白月光终年上夜班，所以觉得月光一定总是看不到太阳和白天的城市的，于是就每天清晨五点起床，去给她用相机拍摄整个城市，一直坚持了整个月，每天上午每个小时每条不同的街道的变化，全部洗出来分批寄给白月光。说实话，那些照片拍得很一般，但是月光都保存了起来，还挑了一张举高相机，仰视拍摄空中的大树，茂盛地遮住了一切的绿色，只从叶子的缝隙中透出缕缕阳光，白月光把那张晨光微露中缕缕阳光的照片夹在桌面格挡上，一直没有拿下来过。

刚开始的时候收到听众的来信，说她的节目做得如何如何好，月光并不放在心上。因为她其实也不把节目放在心上，只是听到什么样的问题，按照她自己想的答案回答就是了，从来也没有想过什么哗众取宠的方式。但是这个节目却越来越火爆，收到的信件越来越多，甚至到了一种来不及拆阅的程度。当然随之而来的，是各种各样的投诉，认为这个女主播对听众放肆无理，甚至有时候口出恶言对听众进行人身攻击等等。

每一次接到投诉，白月光都要按照流程，把导播的录音档案调出来，然后让助手把每一段有争议的对话写成文字，交给上一层领导，由他们开会研究对白月光的处理方案。

几乎没有例外的，台里高层从来没有通报批评过白月光，每一次的处理结果甚至都是和白月光商量过的：你看吧月光，如果我们完全置之不理也说不过去，对听众啊对其他同事啊都不好交代，到时候对你影响更加不好，你看咱们就象征性地扣一点钱行不行？然后再从别的渠道给你补回来，行不行啊？

白月光永恒地回答是眉毛都不动一下地耸耸肩：随便。

但是白月光每天至少都要精神高度集中地度过两个小时。从夜晚十一点到次日一点。每天通过三路热线和这个城市看不见的影子做各种各样的对话。从开始的不太上心，到后来的愈加专心，再到现在，专心不专心已经不是白月光的问题了。她已经成了对付热线电话的一根“老油条”。

其实，这也是白月光每天最普通的两小时。接听这个城市各种各样或烦恼或忧伤或奇怪或悲愤或痛苦，以及很少快乐的睡不着的人的故事。

白月光已经做足五个年头。

白月光

1

我和月光的约会总是定在凌晨两点之后。她们电台后门一个环境很差，有些肮脏但菜做得很好吃的广州小馆。

第一次约在这里的时候我问月光：你那么讲究的一个人，怎么可以忍受这样的吃饭环境?

她从一盘姜汁芥兰里抬起头看我：因为这里离电台近。我讨厌下了班之后还要思考到什么地方吃东西这么难的问题。

后来我才知道，是因为月光喜欢广东菜。而一个四川姑娘喜欢广东菜是一件很容易让人产生怀疑的事情。

我对白月光的一切怀有强烈的好奇。即使她告诉我一个答案，我也会对这个答案产生至少百分之五十的怀疑，然后通过自己的观察慢慢消除或者加深怀疑的比例。我至少花了两年的时间才弄明白，关于她自己说的总是去广东小馆吃宵夜的回答仅仅是正确答案的百分之五十。还有一半的原因，是因为一个叫做严嘉宁的广东男人。那是白月光的死穴，没有人敢，也没有人能轻易触碰，她的老爸、她的现任男友都被挡在“严嘉宁”这个秘密之外。而我，白月光唯一的闺中密友，在很长一段时间里扮演她的跟班、跑腿、保姆、经纪人、厨子、出气筒的陈郁郁，我不会允许自己犯这样低级的错误。尽管我知道白月光一切，包括电脑、手机甚至银行信用卡的密码，那是一个巨蟹座男人的生日，那个人叫做严嘉宁，那是白月光最大的秘密。

我知道白月光全部的秘密，她在每一个人面前都拥有一部分秘密，只有在我这里是透明的，因为我也是白月光秘密中的一部分。所以我替她保守所有的秘密。

我觉得很安全。我不知道她是不是也这样认为。

你在干吗？我看着半个小时一直紧锁着眉头嚼菜叶子的月光，忍不住问。

她抬头看看我，并不说话。

怎么了？你情绪今天有点异常。不说话的白月光总是让我觉得很紧张。

没什么，间歇性厌世。

月光，你没什么事吧？

郁郁，白月光没有直接回答我的问题：你是用哪边的牙齿嚼东西的？

我想了一下，再仔细想了一下，除了想自己到底是用哪边牙齿嚼东西之外，当然也想了一下白月光为什么会问这个问题，然后我回答她：应该是右边。

肯定？

基本上吧，你呢？

我也是。

一般人好像都是用右边的牙齿吧……我仿佛又开始没话接话了。

对，所以我有时候也会忘记，其实左边也是长牙的。

月光，我小心翼翼看着她在嚼菜叶子的样子，发现她现在使用的是左边的牙齿：怎么了?

没怎么，我就是忽然想起这件事，所以最近我一直强迫自己用左边的牙齿。我不想让左边的牙齿觉得受到冷落，觉得被主人遗忘了，所以我一发现自己用右边的牙齿就狠狠咬一下自己的舌头，然后就换回左边，时间长了就习惯用左边了。

我听完这番表面上很正常，但似乎好像又有什么地方不是很正常的解释之后，变得更加不知所措：月光，咱们好好的，你能告诉我，你到底怎么了? 真没事吧?

郁郁，白月光一脸严肃看住我：我想辞职。

哦……我放心了，这句话说明她刚才的回答真实性在百分之七十五以上，白月光间歇性厌世的基本表现就是将“我想辞职”这句话作为口头禅再一次挂在嘴上：你这次又为什么?

不为什么，就是厌倦。

我喝了一口茶。这个答案是有点问题的。肯定是有原因的，哪怕仅仅是接了一个听众的热线，人家对她那盛气凌人的态度产生了一点反抗，而绝对不会是毫无原因的“不为什么”，这不是白月光。但我不着急，我知道她会告诉我，也许是时间没到，也许是她还没想好怎么说。

每次到了这个时候，我和月光就会陷入一种沉默的失语状态。两个人相对无言，各怀心事。我不知道月光的心事是什么，这个就是我的心事。

走吧。她看看表，转头对老板说：结账。

广东小馆的老板是一个胖胖的，满脸肥肉，长相有点滑稽的中年男人。他认识这个大名鼎鼎的主持人：月光，最近你的胃口好像特别差，三个菜剩了两个半。

月光礼节性地回答：天太热。

明天晚上来，我留点清火的汤给你。

她歪头想了一下：下次吧，明天我休息。

上了出租车，我问月光：你明天不休息吧？

休息。

哦？

我想休息就休息。

怎么了？

不怎么，就是想休息。

那节目呢？

打碟。

又打碟？这个星期你好像只做了一天直播？

那又怎样？

好吧，你说休息就休息。我赶紧结束这场隐藏着火药味儿的对话。

停了一分钟我又问她：那明天有什么安排么？要不要晚上出去找点节目？

不要。

你要干吗？

休——息——白月光收回看向车窗外的脸：陈郁郁，这是你今天晚上第几次问我要干吗了？我什么也不干，就是想休息，行么？

行。我迅速回答。同时在心里又给自己记了一个小过：最近她对“你要干吗”这句话极端反感。

家里还有烟么?

有，我给你买了。中南海又断货了。三五，你将就一下。

唔。月光看上去非常疲倦。

而我，本来今天心情非常好，我想告诉她，我的小说出版谈得有点眉目了。出版社编辑约我明天见面。晚饭。我很想带月光一起去，但是看着她一脸死了人的苦相，实在有点张不开口。

今天晚上接了什么有意思的电话么? 给我讲讲嘛……我觉得凌晨红绿灯等待的时间真是有点漫长。

没有。最近好像都没有什么能让人精神振奋的电话。白月光露出了招牌的郁闷表情，嘴角使劲朝下咧了咧。

你老是不好好上班，动不动就无故打碟，打碟也不好好打，放来放去都是那几十首歌，听了一个夏天了，你总这样糊弄下去，迟早出事。

我就是想出事，让他们炒了我。

少来了你。我抢白了她一句。我当然知道这个回答完全是假话。就算白月光真的想离职，也是她炒电台，而不是电台炒她。她这么说，就是在自己给自己找没趣。或者这句话应该这样理解：就算我糊弄节目，他们也不敢把我怎么样!

是的。他们不敢把白月光怎么样。她主持的节目是电台收听率最高的晚间节目。每年有六十万元的广告商家冠名。“她年轻漂亮有才华，并且拥有非常强大的稀有武器，我想那件武器的名字叫做智慧。”这是我的小说里用来形容女主人公的句子，我在写这些话的时候脑子里对照着的当然是白月光，她是我的人物原型。她和白月光一样，集万千宠爱于一身，但是她不快乐。可是我们谁也不能怪她，因为上苍恩赐的一切，都不是她想要的。白月光想要什么，没有人知道。

回到我家。白月光一屁股坐进沙发。向后伸了一个懒腰，并没有坐起身来。而是径直躺进枕头里。看得出她是真的有些累了。她和我不一样，我可以从早上一直睡到傍晚才起来吃第一顿饭，然后彻夜写作，或者翻翻书看看碟，或者什么也不干，东游西逛等待天亮。白月光每天晚上要做两个小时的直播节目。下午还要去电台开会、审稿、讨论方案，一直忙碌到晚饭时间。而晚饭时间她总是有很多应酬，有时候是领导，有时候是广告客户，有时候——我也不知道她在应酬谁。

记得刚认识她的时候，也是彻夜未眠之后的早晨，我陪她去买东西。月光把脸贴近购物中心的柜台里，闪烁的灯光反射在她脸上，我还能隐约看到她脸颊上尚未褪去的茸毛，皮肤很紧，一点也觉察不出毛孔的存在。那是月光的全盛时期。真的和她的名字一样，完全是八月十五的日子。

而最近……我总是开玩笑对她说：你看看你那满脸的黑眼圈吧。

我走到厨房，切了一片柠檬丢进杯子里，递到茶几上。

谢谢。月光翻一个身。然后右手在屁股下面摸了摸，翻出一个牛皮纸的信封来：这是什么？

啊……我看了一眼：我的稿子。明天要交给出版社的。想了一下又说：不对，应该是今天了，这都三点半了。说完我看了看表，犹豫着是等她睡醒了再告诉她，还是现在说。

哦？月光坐了起来：你什么时候见出版社的人？今天？

对。约了晚饭。还想问你呢，有没有空陪我一起去？

她迅速看了我一眼：你去谈正经事，我跟着不好吧？

什么正经事，没谈妥之前就不是正经事。你去给我壮壮胆嘛……我说的是真心话。我的确有点怕。

成啊。她答应得很爽快。说完站起身来往厕所走去。走了两步又回过头来看着我：郁郁，我觉得，我的强迫症越来越重了。

我抬起头看她：你老爸说的？

不是。我自己感觉到的。

怎么了？

没怎么，我就是觉得越来越重了。我觉得我需要去医院。

你不需要。月光。我走到她面前：艺术家都有强迫症。

有强迫症的却不一定是艺术家，对吧？

什么意思？

她不接我的话：你也是艺术家，你怎么没有强迫症？

我是狗屁的艺术家。我大叫：你不许挤对我。

难道就允许你挤对我是狗屁的艺术家？白月光的情绪似乎好了一点。

我怎么没有强迫症？是你看不出来罢了。

哦？她很有兴致地盯着我：说说看，你怎么个强迫法了？

你看，你每次不高兴的时候，我就揪着你非要问出个所以然来，你不说我就不罢休，这个不是强迫症的一种么？

切……白月光再次迈进洗手间：你那个不是强迫症，你那个是神经病。

我一直坐在沙发上等白月光出来，这是我的习惯，等她洗漱完毕，准备睡觉了，我才回到自己的房间去继续写作，或者有的时候，等她躺下了，再和她聊一会。月光和我的谈话交往就是这样，有时候兴奋起来，我们可以彻夜长谈，有时候她就用“嗯啊哦”这样的字眼回答我，每次我发现她在应付我的喋喋不休时，我就很自觉地离开她的房间。尽管有的时候，我已经非常困倦了，但若是月光想说话谈心，我也会一直陪着她，看天色吐白。

十五分钟之后，月光从洗手间里出来，看我还坐在沙发上：怎么了？

没怎么啊？就看你是不是要睡觉了。

对，我明儿要早起，开会唉……该死的例会。说完她走进房间，拿出一个小药瓶：给我倒杯水，我要吃药。

我试过很多次劝说她不要再吃那些会带来很多副作用的所谓帮助睡眠的药物，但是她根本不会听我的，所以现在我根本不开口，于是我的回答就是把在她洗澡的时候就已经倒好的水递给她。

她看了我一眼，没有接过来：算了，还是不喝水了。说完直接把药丸塞进嘴里，做了一个非常夸张的吞咽动作，然后向我吐吐舌头，表示药物咽下去了。

你没事吧？我急了：哪有你这样吃药的？

你不明白。白月光揉了揉自己的喉咙，仿佛是药物卡在了里面。她又狠狠咽了一口唾沫：不是和你说了我有强迫症嘛，把药物放进嘴里之后再喝水的话，我总觉得好像药会掉到水里，而如果是生吞我就能很明显感觉到药物进入喉咙，有安全感。

我……晕……安全感？我瞪着白月光，她的花招真是越来越多了。我摇摇头：你这个是自虐。安全感？神经病。

说了你也不懂。白月光丢下这句话，回了自己的房间。

白月光每个星期至少有一半的时间睡在我家。其实所谓“我家”的定义是错误的。这个两室一厅的公寓是我租来的。付房租的人是白月光。房东是一个叫做马澍的男人。我第一次听月光说起这个名字的时候乐了半天：马术？有击剑不？

当然，我从来也没有正面喊过这个男人的名字，尽管我们经常见面。我，白月光，以及——马主播。

我曾经觉得很不好意思，问月光要水电卡：至少让我象征性地付一点，不然我住得多不踏实啊。

在我爸那里呢，他每个月去交我家水电费的时候顺便一起付了，方便。让你这个“丢蛋鸡”保管，家里被断水断电了都不知道。月光不肯给我，她知道我没有固定的经济来源，她在故意帮我承担一切可能的开销。

我大三那一年认识白月光，现在我已经毕业三年多了。我没有正式地工作过，但是我的人事关系却在电台，我有那个大院的出入证，我的手机都是电台统一的商务号码，我不在那里支取工资，可是连我写作用的电脑的底座上都贴有“电台财产”的字样。

我并不觉得这样的生活有什么问题。因为我照顾月光，我觉得她需要我。正如我需要基本的生活保证一样，月光需要一个安全的地方，以及一双安全的耳朵。我不是那个电影里扯淡的“树洞”，我没有自控力保守她全部的秘密，所以我写作。

我花了两年的时间写一本长篇小说，虽然我努力淡化了主人公的身份背景，但那里面依然有许多暗道机关密码，我想这本小说要是真的出版，一定有很多人会对照着书里的内容“求证”“江湖上”盛传的一些虚虚实实关于白月光的故事，至少在她的圈子里是这样。

比如说，这个漂亮年轻的女主持人和她的同事主播，同时也是台里的高层主管，一定是有点问题的，所以她才能多少年来霸占着电台最黄金的晚间谈话节目。比如说，这个女主持人傲人的双学士学位是假的，她不过是花重金买了一个类似作家班的学位证明罢了。再比如，那个一直陪在她左右的一个丑得好像小野兽的女孩子，其实是她的“保护伞”，她俩才是真正的一对儿。虽然有时候我也不知道如果可以让月光选择的话，同性恋或者是台里高层的女友，这两个名声，她更愿意接受哪一个。

而我这个小野兽，爱着月光，这一点她一直都知道。她只是知道，她接不接受我不知道，因为我没有拿这么愚蠢的问题出来为难她。在我看来，她没有反抗我对她的爱，这已经是一种接受，我很知足。

因为我需要她，仅仅是需要照顾她，让她肆无忌惮挤对我，冲我发脾气，或者偶尔让我听见她的哭声，就是这么简单。

至于这本小说会不会真的出版，至少到此刻，还是一个未知数。不要对没有成为事实的事情做出任何判断。那是一种虚妄的幻象。“凡所有相，皆是虚妄。若见诸相非相，即见如来”，这是《金刚经》里的句子。

这本佛教的经典，是月光的老爸替她在寺庙里请回来的。她随手送给了我。我很无聊的时候，会每日读上一遍。但我大概并没有什么慧根，我没有从中悟到多少做人的智慧，也没有觉得这部经书有什么特别的地方，但我相信月光爸爸的话：《金刚经》可以避邪。

虽然我很想告诉他老人家，我觉得我生活里最大的邪气，就来源于他的女儿白月光，月光是一个充满邪气的女子。而且这种邪气越来越重，渐渐开始有点会伤人，她已经快要修炼到那个份儿上了，并且她有点……不，应该说是非常特别。对，就是“特别”这个词形容她最合适，我听说冬至那一天出生的人身上都是有一些常人没有的气质的。

白月光是冬至那天出生的，射手座，热爱自由、天马行空的射手座女生。但是，她基本上已经是属于射手座的最后一天了，也就是说，白月光的性格里，也有很重的摩羯座的痕迹。摩羯座是十二星座里的优等星座，根据我所阅读的星座书籍来看，摩羯座是一个沉稳大气的星座，甚至是有点老谋深算的，据说这个星座的人最适合运筹帷幄，指挥大局。而在感情上，射手座应该是无拘无束，甚至还稍微有点花痴的，动不动就超级自恋起来，而摩羯座不是，这个星座的人很难爱上一个人，而如果爱上了，就是那种非常专情一心一意的人。

之所以研究这些，并不代表我有多么相信，我只是想多了解一点月光而已。哪怕是丁点儿蛛丝马迹也不会放过。星座书上还说，十二星座里最阴险的就是摩羯座。我在网上看过一个游戏一样的选举，就是说，如果可以让十二星座中的一个星座消失，你会选择哪一个？摩羯座排在第二名。而高居榜首的竟然是我的星座——处女座。这让我沮丧了很久很久。

我没有给月光看过小说的原稿。不是我故意要瞒着她，而是她从开始就知道我在写小说，直到我告诉她我写完了，开始和出版社接触的时候，她也没有主动提出来要看看这本书，她似乎从一开始就能猜测到我在写什么。月光一直是个聪明敏感的人，她至少会有隐约的预感。或者，她对于我在写什么，根本就不感兴趣。再或者，她觉得我写了什么都没有关系，她并不担心我的小说会伤害她，她压根不认为我会做任何伤害她的事情。又可能，她觉得以我的功力，伤害不了她。

这些都是我的假设，因为她没有看过我的小说稿，我不知道该怎么问出自己的疑问。有时候我也想，如果月光真的主动问我要来看，我会大大方方递给她么？不做任何解释和说明？或者先给她打预防针？我真的不知道，因为没有这个“如果”，这依旧是没有成为事实的事情。当然我也想好了托词：我写的是长篇小说，既然是长篇小说，那么就是虚构的，谁也不能从一部长篇小说里指证谁的生活。

是的。每天晚上，我的脑子里就是在想这些乱七八糟的问题的答案，这些“如果”、“假设”以及“可能”，我被这些巨大的“妄想”捆住，无处呻吟，所以我只能选择写作。

其实我心里很清楚明白，打从一开始我就明白，我不能百分百走进白月光的内心，但或者她可以，这也是一个假设，但是其他的人，却真的是没有办法走进我的世界的。有时候连我自己也走不进去。

还有，我和月光，我们都很封闭。的确，我有点低落沮丧抑郁，而月光，她是更古怪的。所以，她在很多事情上，大概比我可以做得更加干脆吧。可是不知道为什么，我觉得月光对很多事情的态度，不仅仅是无所谓或者坚强的，如果可以在我的字典里找到一个形容词，我觉得她——“怯懦”。我的形容大概很可笑，可是也许就是因为胆怯，所以许多事情，她不想也无法正视，于是干脆了断，回避。她是这样一个人么？没人知道。所以我更加只有也只好选择在写作中继续猜测。

ONE

嘉宁：

你好么？

最近我在算一道数学题。你知道的，我是一个“三天等于七十小时”的数学白痴。但是我最近在算，我们认识有多少年多少月多少天多少分钟，我想把所有的数据统计出来，精确到秒。我没有目的，我只是突然想这么做而已。

我计算得很慢，因为我需要一点点回忆。回忆这件事有时候说容易，有时候却异常艰难。如果我把这道题目抛给你，你当然会想也不想就回答：我们认识十年了。但是嘉宁，是十年么？整十年？一天都不差？答案当然是错的。所以，我要回忆起第一次见到你的日子。我拎着行李去学校报到，那么宽的马路，你却鬼使神差撞上了我，我挂在箱子上的搪瓷盆滚出去好远，那到底是哪一天呢？所以说，要想起来这些多年前的细节并不容易，我要倒着让自己变小，回到十年前。

我昨天晚上在节目里放那首《十年》了。第一次听的时候我愣了，再听的时候我又笑了，歌词不对，什么“十年之前你不认识我，我不认识你”。不对，十年前我就认识你，你就认识我。但是

“认识”是人和人之间最基本的关系。我认识的人究竟有多少，我不知道，你知道么？

不过我还是喜欢放那首歌。同时我讨厌那句：“我的眼泪不是为你而流，也为别人而流。”我以为陈小霞写错了歌词，有机会采访她的话一定要当面问个清楚，我觉得这一句应该是：“我的眼泪只是为你而流，从不为别人而流。”

这个别人，哈……别人，对于我来说，除了你之外的任何人，都是别人。包括我自己。

嘉宁，我的心里住了一个神。隔三差五我会和神对话。把我心里想不明白的事情告诉神。神总是不回答我。神双手插在口袋里，无论多冷都穿得很单薄。神只静静地看着我。一言不发。看碎了我所有的忧伤。每天晚上出门之后第一件事，就是抬头寻找天上的星星，即使是阴天也不忘记抬头仔细找一找，我觉得那些星星很像神的眼睛。

嘿……如果你能看到这些话，或者听到我对你说这些话，你的反应就会和每一次一样，用你的大眼睛盯住我，然后轻轻抚摸我的头发，叫我笨蛋。我告诉你说我从小就觉得自己特别笨，但是你却回答我说：所以啊，你现在更笨。于是我就打你，假装打疼你，这是我们永远打情骂俏的方式，也是你永远“不好好说话”逗我开心的方式。或许现在有所改变，但是我已经不在你的身边，你也不会读到这些信，所以我无法猜测你的反应。你知道的，我一直不是一个想象力丰富的人。况且……我们有许多年也没有见面了。多少年呢？这也是我最近在计算的那道烦人的数学题里的一个项目。

白月光

嘉宁，你还和过去一样么？每次开车前，一定要把车里的票据以及那些凌乱的CD和后座上的报纸杂志摆放整齐，几乎看不出翻阅过的痕迹，然后你才能发动引擎。那时候你对我说这是你的神经质，是你的强迫症。

我没有忘记我的回答。因为我根本没有回答。我选择了不出声。但我心里很开心，你的神经质和你的强迫症，是我着迷你的内容之一。让我感到安全，就好像动物和自己的同类在一起的那种安全。嘉宁，这些习惯，你改了没有？

嘉宁，我很想念你。仅仅是想念。并不急迫和焦虑。遥远地想象着你的美好，是我最快乐最私密的事情。我一个人的，和你也没有什么关系。

谢谢你让我想念你。

月光

她很想帮助郁郁出版这本小说，
月光知道这是她的心愿。
陈郁郁的作家梦，
和她当年的 DJ 梦一样，
实现得非常艰难。
白月光有时候觉得，
自己对陈郁郁负有一种莫名其妙的责任。

B

星期四下午的电台会议室，一向充斥着巨大的火药味。如果是一个导演在拍摄电影的话，那么他的镜头语言应该是用很多数字以及曲线图悬浮在每个人的脑袋上，那些数字代表收听率、市场占有率、城市触达率、听众忠诚度、购买能力以及受众群的比例分析。曲线图则代表每一家电台的每一档节目每十五分钟的检测报告，这些枯燥乏味的数据统治着广告商的投放选择，而广告商的选择统治着电台的乌纱帽，这些乌纱帽，自然统治着那些表面看起来风光无限的电台名嘴。

白月光昨天并没有睡好，但是每周四的例会，谁也不能轻易无故缺席，在某些方面享有特权的白月光自己也清楚。

我来给各位通报一下上个月的尼尔森以及央视索福瑞两套数据的报告。会议桌正中的马澍，清了清嗓子接着说：七月我们频道收听率前三名的全部是热线节目。除了“月光热线”之外，法律援助的热线和二手信息发布平台明显最受欢迎，相反，咱们频道一直很有优势的新闻节目，这个月似乎有下滑的趋势。

说到这里，他故意又停了一下，用眼睛的余光扫遍整个会议室：谁来说说怎么制止下滑趋势？一个新闻频道的新闻主打节目收听率连连下降，要被其他人看笑话的。整个会议室安静极了，在马澍不说话的时候，别说地上掉针了，估计就是飘落一根谁的头发都能听得一清二楚。每个平日里在众人面前都风光无限的主持人这会儿个个脸色铁青，大家每个人心里都明白，想要保住这个得来不易的饭碗，唯一的方法就是让自己的节目保持一定的收听率，至少是不能跌出前十名的。可是，一座城市上空有多少家电台？有多少套频率？多少个节目？当然可以数得清楚，但越是数得清楚，就越是知道要做到高收听率究竟有多么难，要下多少工夫，要多么有智慧可以把握听众的心理和收听习惯。除此之外，你还得有那么点运气，类似白月光的运气。

马澍的声音不算大，但因为会议室里很静，所以每个角落都听得很清楚。白月光记得刚到电台的那一年，第一次开会就被马澍这种声调吸引住了，不愠不火，却很有力度，不由任何人反抗。那时候马澍的头发还很茂盛，不像现在，已经变成“农村包围城市”。马澍一直抱怨说是因为这些年他为电台劳心劳力，白月光却认定这是由遗传基因决定的。

现在的白月光就处在当年马澍的位置上。中层。在整个电台里，节目部主任拥有举足轻重的地位。一天二十四小时的节目正常运转和安全播出，所有的调度单都需要这个部门的主任签字生效，而从来不在上午出现在办公室的白月光却可以全票通过轻松坐上这个位置，当然和马澍的全力推荐分不开，还有一个原因就是：她的

"月光热线"，是电台节目的榜样。每年电台的学术杂志都会把她的节目当成一只麻雀一样解剖，分析为何一档年轻女子主持的夜间节目，可以多年如一日地独领风骚，任凭其他台做多少模仿，白月光的尖酸刻薄始终在听众心中占有绝对的优势地位。

白月光并不想当官，在她的概念里，那是一个戴着镣铐跳舞的角色。但是马澍很坚持：你手里除了要有一档王牌节目之外，还应该有一定的实权，这样才能更好地开展工作。

月光很不理解：开展工作不就是做好节目吗？

不一样的。我也是从主持人出道的，相信我，不会害你的。电台已经是夕阳产业了，你这么多年能保持上升的人气，是因为有我在这个位置，要是有一天我上调了，你没有点实权在手里，很容易受欺负的。马澍循循善诱劝说月光。

上吊？她装糊涂：你干吗选择这么费劲的死法？我觉得还是跳楼比较保险。

马澍瞪她一眼：我和你说正经的呢。你的材料我都递到总台了，我是为你好。

月光撇撇嘴，不再接话。她知道马澍对自己，是有些真感情的。从她第一次看见他的时候她就知道。

白月光每次开例会的时候，听着马澍侃侃而谈都会走神。她最近总是会回忆起一些马澍把自己从一个名不见经传的小主持人一点点扶正的过程里发生的事情，很琐碎的对话片段，以及一个眼神，甚至是他陪她吃火锅时候麻辣锅底冒出的味道都飘浮在脑海里。很遥远的，似乎隔着万水千山，她甚至觉得马澍有点陌生。最近无论是在会议室里办公区内还是在马澍的住所里，她都觉得生疏。好几次，她对着这个昏昏睡去的已经中年的男人，总是会厌倦地转过身去闭上眼睛。

于是白月光对于自己今天所拥有的一切，一点也不内疚。她甚至觉得心安理得：我的高收听率也是靠我的灵气，夜夜牺牲的睡眠时间换来的。如果没有马澍的提拔，我一样可以拥有今天，只不过，现在的今天来得稍微早了一点罢了。现在的今天应该是我的明天才对。而明天太早地到来了，今天我该干点什么呢？

白月光有时候非常想赶走自己脑子里这些形而上的、摸不着头脑的怪问题。大部分的时候，她会把这些问题说给陈郁郁听。她觉得写小说的陈郁郁更适合替她思考这些。

散会的时候，四五个同事一起在等电梯。月光站在最前面，听到马澍和几个人在讨论下个月的频道推广活动。她连回头的力气都没有。就在这个时候，手里的电话响了，是一条短信：你怎么了？

她没有回，迅速删了。电梯到了，月光第一个走进去，依旧没有抬头。

晚上一起吃饭？第二条短信又进来了。

她看了一眼，删掉了，没有回复。抬头看看运行缓慢的电梯，悠悠地自言自语：这电梯，最近好像得了神经病一样，慢到抽筋。

有个小姑娘附和地笑笑：月光姐不愧是“名嘴DJ”，说话就是幽默。

马澍站在最中间的位置，脸上露出一丝微笑，掏出手机又发了一条：你最近好像也不太正常。

发完之后，他把手机举到耳朵边，开始说话：老李，晚上总台有个应酬，你也要出席的吧？

白月光注视着他的后脑勺，那里已经没有头发了。她永远只能看到类似面盆的一块空地。其实马澍的身材还是保持得很好的，看不出是一个已经四十岁的男人，月光想：可惜，他的空地出卖了他。

到了办公室门口，马澍叫住了她：月光，你进来。

关起房门，他对白月光恢复了冤家的口气：发短信给你也不回？

我没空，晚上要陪陈郁郁去见出版商。

噢？那个小怪物的大作终于写完啦？

嗯。白月光不置可否。

月光，马澍看着她：你最近好像有点恍惚，有什么事吗？

就是不知道是什么事，所以才恍惚。

啊？马澍没听懂。

我最近总是心神不宁，总觉得有什么事要发生，但好像也没有什么特别的事情值得关注，所以……月光摇摇头：我很怕这种感觉。

你呀……马澍隔着桌子伸手揉了揉月光的短发：内分泌失调吧……

扯淡。白月光站起身往外走：这个周末我不去你那儿了，我最近几天要出趟远门，节目打碟。

去哪儿？

山西。

你干吗？马澍一头雾水：公事私事？上山西干吗？

公事需要向你汇报还是私事需要向你汇报？

严格来说，都需要。马澍看着她。

那是你以为。白月光头也不回丢下一句话，拉开办公室的门就出去了。

回到办公室里，她发现桌子上多出一个塑料袋。不用看，又是爆米花。

已经连续半年了，每个星期，月光都能收到一个塑料袋，里面是新鲜爆好的米花。每次都是由一个不肯露面的人亲自送到电台的传达室来的。永远是星期四，在月光开完例会的时候，办公室的秘书都会送到她桌上来，有时候拿上来还是热的。于是在接近傍晚时分，困顿的办公室里就会因为爆米花的香味而透出一种难得的幸福感。

同事们都很羡慕月光有这样贴心的粉丝。一切只不过因为半年前月光在一次直播节目的时候，和一个小女生听众在抱怨工作的辛苦时说道："每个星期四下午电台例会结束之后，最想能抱着满满的爆米花大嚼。"她记得自己当时说："那种感觉就好像回到童年时代，上完了课，学校门口总是有一个老爷爷摇着一个铁炉子，时不时朝上面吐一口唾沫，我们几个同学总是围在旁边看，等老爷爷起身的时候就如鸟兽状散去，边跑边捂着耳朵，听到'轰隆'一声之后，空气里就弥漫开浓浓的香……那是我童年为数不多的快乐记忆里非常重要的组成部分……"

白月光会在一些特定的时刻在自己那以理智冷静而闻名的节目中流露出一丝伤感的温情，这也是她多年来打动人心的法宝之一：时不时给别人一点意外的惊喜。

月光看着桌上的爆米花忽然想：要是我也写书的话，不妨出版一本类似《DJ之道》的专业书籍，指导那些想当DJ的少男少女怎样才能抓住听众的心理。说不定也会大卖。至少可以骗骗大学里播音专业的学生。一定比陈郁郁写小说省时省力省心。

想到这里，白月光拿起桌上的办公电话，拨了一个号码：看完了么？

对方是一个很好听的男中音：看完了。

如何？

你说哪个方面？

各个方面，白月光又加了一句：够出版条件么？

我咨询过专业的编辑，对方的回答是：单就小说本身讲，只能说还成。没什么特别之处，但是能看。但人家说了，用专业眼光来看，出就出了，不过不会有什么太大的反响。

嗯。月光似乎对这个答案早有准备：你的意思是说，如果没有什么熟人关系，出版社对于这样的作品，是可以保持爱答不理的态度的？

对。当然，自费出版另计。对方很直接。

我明白了。谢谢你。

你等等，对方听出她想挂电话的意思：能多聊几句么？

嗯？怎么？

这小说是你的朋友写的？

对啊，不是和你说过么，最要好的女伴。

月光，对方有点犹豫：你介意我问么？

她笑了：我介意你就不问了么？

好吧。你这爱反问的毛病，多少年还是一点都没改。

有什么不妥么？

月光，我想知道，书里的女一号，你是原型人物？

白月光的答案一早准备好了：如果你问作者，我想她会回答你说，长篇小说都是虚构的，读者喜欢对号入座，那是他们的自由。

我现在在问你。

我也是读者，甚至是准读者，因为书还没有出版发行呢，所以我回答不了你这样的问题。白月光接得很快，好像完全知道对方会说什么一样。

好吧……对方很明显被打败了：月光，什么时候回来广州？

永不。说罢白月光“啪嗒”一下挂断电话。她觉得自己的举动可以用“荡气回肠”四个字形容。

十年了，她永远对严嘉宁说：“不。”可是又有什么关系呢，她没有忘记他，永远也忘不了，而那些日日在身边围绕的人，她很少拒绝他们，但是她不记得他们。她如果丢了手机，就再也想不起他们的号码，她如果不看见他们，就马上觉得他们面目模糊。而严嘉宁，她甚至没有一张他的照片，可是他的样子却从来都是那么清晰。照片？那是很肤浅的做法。

白月光清楚陈郁郁的小说里每一个改动的细节。她不觉得有必要让陈郁郁知道这一切，甚至潜意识里，她把陈郁郁当成自己的一部分财产，一个……小宠物。试问，谁会对自己的宠物发脾气，如果小宠物猫挠坏了家里的真皮沙发，主人真的会把它丢到大街上去吗？

白月光也不介意陈郁郁用自己的故事做小说的素材。她只是有一点难过：书里的那个女孩子最后的结尾是出家隐居在深山里，再不理会红尘，而她，自问没有那个佛缘。她觉得陈郁郁真是狠心，还不如让她飞机失事一死了之来得痛快。出家做尼姑？不不不，那不过是换一种痛苦的轮回。

她很想帮助郁郁出版这本小说，月光知道这是她的心愿。陈郁郁的作家梦，和她当年的DJ梦一样，实现得非常艰难。只是她们都是命里有贵人的，她的贵人应该是马澍，而郁郁的贵人，毫无疑问，应该是她。白月光一直对郁郁怀有内疚：除了自己，她的生活里几乎空无一人。而自己的存在，从某种程度上令本来就孤单的陈郁郁更加孤独，因为她总是要小心翼翼对待自己，而她又经常性地会让陈郁郁感觉到不知所措。所以，当白月光已经在酝酿离开的计划时，陈郁郁是第一个需要妥当安置的对象，比她的老父亲更需要细心料理好。帮她完成出版小说的心愿，也许她以后的写作道路才能走上一个良性循环。白月光有时候觉得，自己对陈郁郁负有一种莫名其妙的责任。

2

我经常会有一种错觉。除了性别的相同之外，我和月光才是一对。甚至我们不是一对恋人，而是——两口子。月光在我眼里有时候就是一棵大树。她赚钱给我花，我有时候开玩笑说她“金屋藏娇”，每天晚上她去上班的时候我就会对她说：当家的，好好挣钱养家啊。

而我，会帮她洗衣服，刷球鞋，她生病的时候替她熬药。吃饭的时候我永远早到，等她坐下之后就听她絮絮叨叨讲这一天好玩的事。我们会穿同样的衣服逛街、看电影。一起过所有的节日：她的生日、我的生日，互送礼物，国庆、元旦、五一、中秋、圣诞节，包括情人节。因为月光并不爱他的“正牌男友”马澍，一点也不爱他，月光只是需要一个形式意义上存在的男朋友而已——尽管我常常忘记这一点。

我和月光甚至没有超越“拥抱”的身体接触，我也常常忘记这一点。在我的心目当中，月光是一个仙女。因为贪玩在天庭里打盹被王母娘娘发现了，所以被贬下人间赎罪。也许白月光没有佛家所谓的“前世今生”。于是我只能在这一辈子里好好和她在一起。

我知道这是我的想象，我只能在小说里爱那个月光的影子。因为我太清楚月光不是我这一类人。其实我在遇见月光之前就知道自己和常人的区别，但我丝毫也没有感觉难过，可是月光却让我觉得自卑，因为我爱上了一个异类。

对，我们看那些大部分的正常人，同样是异类。

我常想有一天若是月光嫁人了我该怎么办？虽然目前看起来不会的，她一直别别扭扭和马澍交往着。当然这种“别扭”是我的感觉，我也不认为那个“马术教练”会娶她，或者他这么想过，但坦白说，就算他想，月光也一定不会嫁给他。他们之间的感情——如果他们之间是感情的话，那么一切都太像一部小说，比我虚构出来的小说更加精彩。不，应该说，如果我的小说里还有精彩的章节的话，那么就是月光和这个电台高层马澍的感情部分，因为那段故事很少有人知道，应该说只有我是唯一的目击者，所以我写得很放肆，但因为一直隐约担心月光将来看到那些描述会很伤心，所以我才进行了一些所谓的加工创造。

其实我知道我自己，无论如何都会想尽办法出版这本小说，在伤害月光和出版小说这道选择题里，我认为后者是正确答案。我不觉得自己卑鄙。我只是创作，待到小说出版之日，我可以对全天下这样宣布。我也许只需要对月光一个人内疚，我可以承受这种内疚。还有，白月光也许根本不需要我的内疚，是我自己太高估自己了而已。而我会不会因为这本小说失去月光，这个问题我没有想过，不是我不敢想，是因为我很明白我并不拥有月光，从来都没有拥有过。

如果一个人真的可以拥有另外一个人。我觉得拥有灵魂比身体更重要。而这个世界上唯一拥有白月光的人，大概是那个叫做严嘉宁的家伙。我和“马术教练”都是失败者。我不嫉妒他，我甚至可怜他。

我想我了解月光的潜能，我知道她的内心里住着一个神经质的小孩。这个小孩子的能量不可小觑，要是爆发起来，月光会不顾一切，她有那种摧毁世界的潜质。尽管她自己不知道，但是我能感觉到。有时候觉得，自己有一种超自然的能力可以与她心里的那个小孩子对话。

这大概就是为什么在别人眼里神经质的我，在月光眼里是一个非常正常的人的原因，反过来说，在外人看来，清高孤傲的月光，几乎没有什么朋友的月光，在我这里可以随和成一个邻家大姐姐。

前两年我和月光一起在某所大学里进修一个玩票性质课程的时候，有人听说我和白月光是密友，显示出的惊讶绝不是虚张声势，那个女生在月光那里碰过一鼻子的灰。而她不过是因为下课的时候走到月光面前想借一下她的笔记，白月光同学满脸平静看着她：“谁让你翻了？我不借。”后来我还听说，月光考试的时候曾经敲着桌子指责监考老师：“你们能别聊天么？监考就要有个监考的样子，吵得人怎么答题？”那次我和她不在一个考场，我听到之后独自大笑了很久很久，我喜欢月光也是因为这一点，她从来不知道如何给人留所谓的面子，看到什么不顺眼的地方，一定会跳出来指正。那种MISS COOL的形象不是可以建立的，而是源自她骨子里的一种气质。

你今天晚上好像很沉默。月光看我一直在走神，把手搭在我肩膀上关怀地问：还是在想那个编辑的话？

嗯……我不知道该怎么回答，我就是觉得这个编辑挺靠谱的，也许我的小说真的能在她手里出版，所以我才更不知道怎么告诉月光，我觉得她有权利知道我写的是什么。

你觉得这个编辑怎么样？我问月光。

挺好的。话不多，但做事的人就应该是这样，说废话还不如不说。

我笑了：你可真够直接的。

本来就是嘛。月光一本正经：在我们这些“废话制造机”看来，沉默寡言简直就是一种美德。

月光，我有时候真的觉得，你天生是一个说话的材料。“字字珠玑”大概就是为你创造的。

少拍马屁。她瞪我一眼：你觉得她的出版条件你能接受么？

嗯……我又陷入了低落：包销一千本，难度不小。其实还不如从我兜里掏几万块钱自费出书来得省力，我起码不用对着一千册书发呆，我哪有那个本事卖掉一千册，难道在学校后门摆个地摊啊？……

月光看着我：我有。

啊？

她笑了：要是我出书，别说一千，一万册我也能卖掉。

那是当然，我嘟起了嘴：你是名人，我怎么和你比？你的听众何止一万。

那么要是我帮你在节目里做宣传，你不就能卖掉了？她看着我，不像是在开玩笑的样子。

你在节目里帮我卖书？

对啊。

人家凭什么相信你?

不用相信我，只需要对我好奇就可以了。

好奇?我有点糊涂了。

对啊，好奇。她重复了一遍：你想啊，我要是在节目里说："我最好的朋友，出了一本书，里面的女主角原型是我。"你说我的那些粉丝会不会好奇呢?

月光……我不知道该怎么对她的这句话做出反应了：你怎么知道我书里的女主角的原型是你?

难道你书里的人物原型不是我?她又开始反问了。

我有点心虚了：当然……是你。

那不就行了。她摊摊手，好像在说一件理所应当的事。

你不担心外人会说闲话?我实在不能完全猜透月光的心思。

外人是什么人?闲话是什么话?她还是笑。

呃……我迟疑了一下：读者都算是外人吧，闲话嘛……比如说，我给这个女主人公身上安插的一些故事，很多人也许认为就是你本身的生活，你不担心给你造成什么样的影响么?

哈，郁郁，她笑得更欢畅了：你最可爱就是这点，在你眼里我绝对是个超级明星，所有的人都会对我的绯闻八卦充满好奇，而你的新书出版，将会引起前所未有的轰动，一时之间，这个城市所有的新闻焦点都是电台女主持人白月光的私密生活由她的闺中密友曝光，你可是这样想的?

我沉默。

郁郁，月光今天似乎特别爱笑：傻瓜，我只是一个小人物，你是一个比我更小的人物，你的小说不会对我的生活产生翻天覆地的影响，这一点我可以很肯定。所以，你不用怕，再说，要怕也应该是我怕才对。

你怕?

陈郁郁，我们认识几年了?月光忽然改变了话题。

我不假思索：快五年了。

快五年了，她重复了一遍：你见过我害怕什么么?

我认真地想了一下：没有。

那不就行了。月光用这样的方式回答我：所以说，我不怕。况且，她又停了停：我也想知道，我的生活还能不能起什么变化。

月光，我觉得是时候问了，今天这个机会实在很难得：你想先看看我的小说稿么?

出版了之后不就看见了嘛。白月光冲我眨眨眼睛。

那一瞬间我有点犹豫，也许我应该改掉小说里那个女孩子的结局。我应该让她过上正常人的生活。我一直希望月光可以幸福，虽然那就意味着，我应该从她的生命里消失，被一个男人取而代之。这是我不愿意看到的，连想都不愿意想。所以我狠毒地让书里的那个“白月光”以一种凡人所不能接受的方式孤独终老。

我在月光最美丽皎洁的时候看见她。她从听众来信里抽奖抽中了我，要我去电台领一张CD，所以我才有机会第一次见到白月光。我记得那是一个冬天，很冷，还零星下着小雪，我推开电台办公室的门，怯生生地说：“请问白月光在吗?”一屋子的人都没有回答我，甚至没人抬头看我，但是我发现在最角落靠近空调的位置上，有一个短发的女生抬起头，向我招了招手。

我蹑手蹑脚地走过去：你是白月光?

她看着我，没有笑容：你是陈郁郁?

我点点头。同时情不自禁把帽檐往下拉了拉，这已经成为我的习惯动作，每次和生人见面，我总是怕会吓到别人。但是这一个举动对于白月光来说好像是多余的。她根本没有看我的脸，弯下腰从柜子里取出CD，没有交给我，而是放在了桌子上，然后又从抽屉里拿出一张表格：签个名证明你领了CD。

我很顺从地按照她说的，签了名，拿起了那张其实我并不是很想要的CD，然后装模作样看着CD封套，不知道该说什么。我看着白月光，心想这个人和声音真是不太一样，想象中的她应该是一个大眼睛，长发飘飘，化着淡妆的职业女性。但眼前这个人，头发剪得短得不能再短，我甚至有点奇怪，这么冷的天头发剪得这么短，难道脖子不会冷么？

隔了大约有半分钟，我发现白月光似乎已经忘记了我的存在，低头在她自己面前的一摞文稿里，于是我只好低头轻轻说了一声：谢谢。就这低头的一秒钟，我发现白月光居然光着脚，穿着一双绣花鞋。蓝色的，很精致，一眼就能看出是手工缝制的。这更让我觉得——她真是一个怪人。

白月光听到了我的道谢，但还是没有反应，只是点了一下头。我知道自己没有再留下和她寒暄的可能了，于是又蹑手蹑脚地走出了那个死气沉沉的办公室。但不知道为什么，我就是觉得自己和白月光之间，一定不会就这么简单仅仅是听众和DJ的关系。我说不出为什么会有这种感觉，仿佛就是潜意识里的。

之后我继续给白月光的节目写信，于是又有那么几次机会，她从听众来信中抽中了我，我又去了她的办公室领CD。大概是五次后，白月光开始理会我了，甚至开始对我有了笑容。再后来，她会留我在办公室玩，等她下班一起吃饭，休息的时候去逛街，一直发展到现在——我们变成彼此生活里的一部分。

这么多年里我陪着月光经历过太多的风雨。我总以为我的心也跟着她变得苍老起来。三年前的那个深夜，年轻气盛的月光在盛怒之下伸出拳头砸碎了马澍办公室的一扇玻璃窗，那时候我就在办公室门外，我听到一声巨响冲进去的时候就只看见月光面色惨白站在一堆碎玻璃中间，她的呼吸很急促，但是脸上竟然一滴眼泪都没有，我很少看见月光流泪，几年来只见过两次。还听到过一次。

本来那天她是说要去和马澍谈辞职的事情的。我不知道他们在办公室里说了什么，我进去的时候马澍的表情是七零八落的，无法拼凑到一起。

那天晚上我带月光去医院包扎，她的右手上全是血。胳膊上多出无数个口子，里面被玻璃碴填满了，医生用镊子和酒精一点点清洗。她打了麻药，一直很平静地看着自己的手腕。医生告诉她，因为她的伤口比较严重，需要住院打两天消炎针，她也没有任何反应，也并不和我说话。只是临走前，她斩钉截铁地对我说：这几天我在医院，不要来看我。任何人都不要来。

月光这么些年一直把头发剪得很短很短，像一个男孩子，沉默的时候眼睛里会泛出一种慑人的光。我看过一部美国人拍摄的关于外星人挟持地球人做试验的电视剧《劫持》，里面有一个叫做雅各布的有二分之一外星人血统的家伙，他在面对侵犯自己的敌人时，就会安静地用眼神看着对方，只要和他的眼睛有交集，就会吓得魂飞魄散。据说在雅各布的眼睛里会看到一个人内心最真实隐秘的恐惧。不知道为什么，月光那天晚上的眼神，总是让我想起雅各布。

她始终对那个晚上在马澍办公室发生过什么事守口如瓶。但是我听说很多人都认为月光和马澍的关系是在这个晚上之后有了质的飞跃。这个“很多人”，大部分是月光的同事同行以及媒体圈子的八卦爱好者们。最难忘的是有一次和一个据说是著名的地下摇滚音乐人吃饭，他听说我是电台的实习生，在饭桌上告诉我："你们那个圈子混乱之极，女主持人可以和台里的高层在办公室里就'乒乒乓乓'……想上位想疯了吧？……"旁边电视台的人补充说："不是办公室，是办公室后面的休息室。"

我一直没有说话，之后他们问我在谁手下实习时，我很老实地回答："白月光。"他们两个人迅速对我投来同情的目光："那是一个有故事的女人。"我装着没有听见，其实我知道他们刚刚讲述过的那个故事的女主角就是白月光，而且，我可以肯定，这个故事是杜撰的，因为他们嘴里说的那个晚上，我就在马澍的办公室里和白月光一起。

从那之后，我有意无意在外人面前隐藏起我和白月光私交甚好的真相，我不放过任何一个关于月光的花边新闻。让我失望的是，除了和马澍的地下恋情之外，月光的生活里几乎没有男人，也没有女人。而且，我一直不明白为什么月光坚持不肯公开她和马澍的关系。一个台的同事，一个中层一个高层，孤男寡女，恋爱妨碍谁了？当然，我没有问过月光为什么，我总是尽量回避问她那三个字：为什么？在任何事情上都是如此。

外人关于那天晚上的猜测都是错误的。因为我知道，白月光其实是从广州回来之后才决定和马澍好的。

对，那次手伤出院之后，月光去过广州两个星期。她说是去见一个朋友。在此之前我从来没听说过她在广州有熟人。她走的时候把钥匙串交给了我，让我上她家去住。她的钥匙不算多，因为月光没有任何带锁的私人物品，她所有地方的抽屉柜子都是敞开着的，好像完全没有秘密的样子，又或者，她的秘密全部都在心里，那里才是最安全的地方。只除了……我在她房间书柜顶上发现了一个有锁的小盒子。

我不是故意的，但是那天晚上我躺在月光的床头冲着天花板发呆，一转眼就看见那个盒子安静地注视着我。我脑袋里第一个念头就是月光的钥匙串上有一个非常小的，一看就是锁箱子的钥匙。

没错，我就是在那个箱子里知道了严嘉宁这个人。箱子里没有信、照片或者任何的物品可以让我发挥一下想象，箱子里只有一个印着电台LOGO的记事本。刚开始的时候我还以为这是月光的日记，我当然知道自己在干一件很不道德的事情，所以我只是拿出来翻了一下，我甚至没打算看那些内容。但事实情况不是这样的，那个记事本里没有日记，甚至没有几页是有字的，可是但凡有字的页码里，都写着“严嘉宁”这三个字。除了这个之外，再也没有任何其他的线索了。我的那种感觉，就好像是一个人在大马路上走得好好的，突然一脚下去竟然踩空了，很尴尬，不知道该怎么收场。尽管房间里只有我一个人，但是我还是迅速焦虑起来。我不知道该把这个名字怎么办？

正在这个时候，手机响了。是月光。她只听到我“喂”了一声之后就开始哭。那是我第一次经历一个人的痛哭。虽然是在电话里，但是我能感觉到白月光那种歇斯底里的伤心，她的声线一直是很温柔的那种，甜但是不腻，很干净，而且脆脆的，如果声音也可以比喻，白月光的声音就是——她一开口，你就会觉得：哎呀，天边出现了彩虹。

就是这样迷人的嗓音，我第一次听到的时候就觉得愿意跟着她去到天涯海角的声音，那个晚上在电话里的痛哭，完全是野兽状的，不是呜咽，而是号啕大哭，永远在高音区域，我不得不把听筒拿远一点才不至于让耳朵觉得分贝太高。

她完全不理会我在电话这端心急如焚地追问，只是一个劲儿哭，什么也不说。我问她在哪里，是不是喝了酒，她也一概不回答。

她大约哭了半个小时，然后电话断了。我再打过去，已经无法接通。我急得在房间里团团转，到处乱翻，我想自己得想点办法才成。这时候我记起月光的办公室抽屉里有一个记事本，上面有她的电话号码记录，她一直有把电话号码抄下来保存一份的习惯，这和她的职业有关，她总是有很多采访任务。

想到这里，我迅速抓起钥匙冲向她的办公室，那个抽屉的记事本果然还在。我一页一页地翻过去，尽管我完全不知道该联系谁，但是我隐约觉得这个记事本里一定可以找到什么人在广州，也许我可以冒昧地打个电话联系到谁，让对方去找找月光。

刚开始的时候，我在月光的电话本里并没有找到什么头绪，也没有发现一个叫做“严嘉宁”的名字。但是就在我已经不抱什么希望的时候，忽然看到记事本的最后一页，有一个没有名字的电话号码写在那页纸上，完全不似着急时候潦草记录的，十一个阿拉伯数字排列得非常工整，几乎就是手写的印刷体。我的直觉告诉我，这个号码也许可以试一试。

但是我还是没有直接打这个号码，而是拨通了移动公司，先查了这个号码的归属地。是广州，竟然真的是广州……

我记得那时候已经是晚上接近午夜十二点了。但是我还是决定试一试。我用月光办公桌上的固定电话拨了那十一个阿拉伯数字，电话通了，是一个声音很好听的男人，轻轻“喂”了一声，带着一点怀疑。

我记得自己稍微有一点语无伦次，因为我完全不知道对方是谁，我甚至忘记问他是不是认识白月光，只顾着解释说我是月光的朋友，因为月光去广州了，但是我联系不上她了，想问问他是不是可以帮我找找她。对方一直没有什么反应，我想也许是我说话的速度实在太快了，他根本就插不上嘴，最后我只好说：刚才我们还通过一个电话，月光一直在哭，我很担心她。

那个很好听的男声忽然说：“我知道，她和我在一起。她喝醉了，刚刚睡，手机……”他停了一下：“大概是没有电了。”

我愣了很久很久，不明白这一切到底是怎么回事。一直到对方在那端“喂喂喂”个不停。我没有再说什么，因为我至少知道了月光是安全的，但是挂电话之前，我多了一句嘴请教这个男人该怎么称呼。他犹豫了一下，然后说：“我叫严嘉宁。”

月光在回来之前没有再给我打过电话，她回来之后也没有向我解释那天晚上的痛哭。当然，我不会傻到揪着她问个究竟，我想月光并不愿意提起。尽管我非常想知道，那个叫做严嘉宁的男人有没有告诉过她，我打过电话找她。我也不敢问起任何有关这个男人的问题，因为在此之前，月光从来没有在我面前说过这个人的名字。我心虚，因为在非常巧合又无意的状况下，我发现月光的生命中除了马澍之外，还有另外一个男人的存在。

这个发现让我异常亢奋。随后我发现从广州回来的月光做了两件事：她开始在一些公开的场合下和马澍出双入对，还有一件，她把她的父亲从老家接到了身边。

由此我推断，这个严嘉宁，是一个非常厉害的角色。他在月光的心中有举足轻重的地位。他甚至可以改变月光一贯的行为举止。

那已经是几年前的旧事了。

TWO

嘉宁:

你好么?

我最近做了一个很奇怪的梦。我梦见自己去参加一个婚礼。很多很多人。是在一家教堂举行的，而我明明是不屑参加任何婚礼的，但是我去了。仿佛是在出租车上接到一个电话，告诉我一定要去参加这个婚礼。我穿得很邋遢，牛仔裤，毛衣的袖口领口都破了。对，那件墨绿色的毛衣，是你买给我的。

到了教堂，我发现有很多很多人。但是独独不见新郎和新娘。我推门进去的时候已经迟到了，所有的人都把目光转向我，然后整个大厅一片寂静，迅速地，所有的人就围到我身边来恭喜我，我弄了好半天才明白：这是我的婚礼，我是新娘。然后我就低下头看着自己已经辨别不出颜色的白球鞋，思索了好一会儿，然后问：“新郎是谁啊？”

众人都愣了，纷纷说：“是你通知我们的啊，你是新娘怎么会不知道新郎是谁？”之后我就开始在教堂里寻找新郎，很多人掏出手机开始打电话，有的在窃窃私语，我看到很多熟悉的面孔，但是我想不起来他们任何一个人的名字。

场面越来越混乱，我很焦急，但是完全不明白这到底是怎么一回事。而穿着黑袍子的神父忽然走到我的面前说："白小姐，我们可以开始仪式了么？"我于是就问他："那么我的新郎呢？"他惊讶地看着我："你难道忘记了，你请我来主持你的婚礼的啊？你说你要和你自己结婚的，你没有新郎啊。"我惊得一身汗，然后就在众目睽睽的尴尬中醒过来。天还没有亮，窗外却已经开始有鸟叫。于是我就忽然想起了你，只是忽然地想起。而在这样的时刻，我是不愿意自己的脑海中出现你的样子的，于是我迅速转个身想继续自己的睡眠。

没有想到的是，再次睡着之后，下一个梦居然和上面的梦联系起来了。我又回到那个梦境中，站在教堂门口，向所有的来宾一个个道歉。我不知道自己嘴里在嘟囔些什么其他的话，只是记得说对不起，拼命说对不起。然后我就开始哭了，等最后一个客人走掉之后，我蹲在教堂门口的台阶上，放声大哭起来。这时候我听到身后传来脚步声，我有一种预感，那是你。

但是我不敢回头，我仿佛知道自己是在做梦，我害怕和你在梦里相见，那会让我醒来之后更加沮丧和心酸。所以我还是抱着脑袋，把脸埋在膝盖里继续专心致志地哭。身后的脚步越来越近，一直停到我的面前，我没有抬头。就这样一直等着，等着那个脚步消失。等了很久很久，始终不见动静，于是我张开眼睛，周围却空无一人。可是我的身边不知道是谁在什么时候放了一束扶郎花。我知道这种花，又叫非洲菊，它象征有毅力、不怕艰难，喜欢追求丰富的人生。单瓣品种代表温馨，重瓣品种代表热情可嘉。有些地区喜欢在结婚庆典时用扶郎花扎成花束布置新房。用其谐意，取新婚夫妇互敬互爱、妻子支持丈夫成就事业之意。可是我身边的这束花，花朵是玫瑰红色的，但是花蕊却是纯黑的，很热烈，但是却让我感受到一种强烈的凄惨不祥。天已经渐渐黑了，我有点恐慌，大声叫喊起来，我惊讶地发现，自己居然在喊你的名字。很大很大声。就这样把自己喊醒了。

天依然没有大亮，我却无法继续入睡。发现枕头被子上都是湿的，不知道是汗水还是泪水。于是我起身，在书柜的抽屉里找到一个没有写过字的笔记本，写下了你的名字。大概是为了纪念这个奇怪的，无法解释的，想也想不通的梦。嘉宁，那个在我身后出现的脚步，是你么？

从那之后，每次当我在梦里见到你，或者做了和你有关的梦之后，我就会翻开那个笔记本，随意找到空白页，写下你的名字。

嘉宁，我想我们俩弄成今天这样，几乎全都是我的错。是我的“不相信”。我始终不相信。对，是我自己不相信。我不相信有人可以帮得了我。而我自己，又确实无法讨好我自己。我常常对着自己的情绪，束手无策。

嘉宁，我的心里住了一个神。隔三差五我会和神对话。把我心里想不明白的事情告诉神。神总是不回答我。神双手插在口袋里，无论多冷都穿得很单薄。神只静静地看着我。一言不发。看碎了我所有的忧伤。每天晚上出门之后第一件事，就是抬头寻找天上的星星，即使是阴天也不忘记抬头仔细找一找，我觉得那些星星很像神的眼睛。

我尽可能不放过，并且放大我生活当中任何一点快乐的机会，让自己高兴。但这些高兴的种子就如同一小块鹅卵石，丢进一个万丈深渊。要隔很久很久，才听到微弱的一声响。然后呢？然后没了……

我站在悬崖边上努力地，睁大眼睛四下寻找下一块鹅卵石。再次丢进我那个叫做无底洞的坏情绪里。我很累。看不清楚脚下的路。天太黑了……

嘉宁，我那么想念你。在这个梦里梦外的时刻。

月光

我是那么的想穿越时空拥抱一下那个瑟瑟发抖的小女孩……
而她，
终于到底还是长大了，
她尽管变得古怪异常，
但是她在电波里说话，
给别人温暖，
她是我生命最爱最珍惜的人，
一直，
一直，
一直都是。

C

舍得回家啦你？

白月光用钥匙开自己家门的时候，就在嘴里念叨这句话，仿佛有回音似的，房间里传来一个苍老的声音，也是这句话。这是每次白月光回家，她老爸的开场白。

当然，白月光永远沉默。

月光爸从他的房间里走出来：给。但是白月光没有接过来，那是一个白色的塑胶袋，里面是月光吃了半年的中药。至少隔两个星期，白月光要回家一次，因为她父亲要替她号脉，然后观察她的舌头以及手掌心，然后开药。

你看你的手心，双掌两侧有网状的红血丝，这说明什么……

白月光接上去：说明我毒气攻心，病入膏肓。

胡扯。

明明是你说的。她没有好脸色地回答。

我只是说：你身体里有毒素，需要排毒，我什么时候用过你那样狠毒的话语来形容自己的女儿？

哼……月光又从鼻子里发出一声冷笑：可是我吃了你半年的汤汤水水，我也没见毒素排出来。白月光瞥了一眼放在桌上的白色塑胶袋。

那是因为你的抗拒。我给你吃中药。你继续抽烟喝酒熬夜嗜辣，药效当然会受到严重影响。

我觉得，白月光从来不开口叫爸爸这个词：我不应该让您待在家里，真应该找个中医院让您坐诊，或者给那些学中医的小朋友上上课，您一定能成为华佗再世。

你这是和父亲说话的态度么？月光爸明显不高兴。但是这句话的口气不是质问，仅仅是低三下四的商量。他知道月光肯把他接来一起生活，供养他吃穿住行，已经是一种极限。在此之前，他一直以为，将来他会和路边拾荒的老人一样，死在天桥下面，等尸体臭了才被人发现，那是他早就想好的晚景。同时他深深明白，这一切都是他的咎由自取。

但是，月光找到了他。在老家一个化工厂的传达室。然后说：你跟我走吧。

月光爸没有反抗。他甚至没有什么行李。除了几箱子已经发黄散发着霉味的书，他什么也没有带走。等他跟月光回到她的公寓，才发现月光已经给他布置好了房间。被褥都是新换的，还铺了电热毯，柜子里有新置办的标签都还没有拆除的衣服，一年四季的，甚至包括内裤和袜子，在房间里穿的棉拖鞋，洗澡时换成另外一双防滑的。桌子上摆放着至少有十个罐子，里面装的是这个老头喜欢喝的各种茶。当然，茶杯都是新的。上面有一张小纸条：“你的。”

后来月光爸在家里发现另外一些杯子。上面都有纸条和人名，比如“陈郁郁”，比如“马澍”。还有几个没有名字的。月光告诉他："没有名字的都是我的，你别乱用我的杯子。"

白月光和他分开太久，他不知道这个女儿什么时候养成了这样的洁癖。对着她，和对着一个陌生人没有什么分别。

第一晚月光爸躺在女儿为他置办的床铺上，老泪纵横。翻身的时候他居然在枕头下发现了一块手绢。他这才意识到，这个从小没人管的女儿，依靠她自己的力量，已经修炼成精，她知道老爸会在什么时候有什么样的举动。那么多年，她骨子里，还是那么了解他。他只敢想"了解"这个词，他不知道月光对她，还有没有女儿对待父亲的爱。

就是在那个时候，月光爸发誓：要用剩下不多的时间照顾女儿，弥补她童年遭受的一切不幸，也是为自己赎罪。也许，她把我接到身边，就是为了给我这样的机会。尽管他和女儿的关系曾经恶劣到几乎无法挽回的地步，但是现在既然她已经把自己接到身边，就说明亲人之间到底有些东西是无法割舍的，所以自己千万不能放弃。虽然月光时时让自己觉得孤独，但无论怎样，她的存在也是一种支撑。丢了的东西，想拾回来，是最难最难的啊，所谓覆水难收。但是这一次独独不能放弃的，竟然是这曾经以为永远丢失的女儿，那简直是一根救命草啊，也许是可以在最绝望的时候，抓一把，靠一下的。月光爸在这样悲观和伤心的想法中，渐渐睡去了。

那已经是很久以前的往事了。他在潦倒的时候对月光说过狠话："没错，当年我没有抚养你，是我的错，那是我没有能力。现在你长大了，我老了，我没有生活的能力了，轮到你来赡养我了，如果你不做，那么我去法院告你。"

月光在电话那端笑了："欢迎。只是你别问我借上诉费。"

月光每次回家都会给老爸钱。时多时少。但足够生活。单位福利的油米干货，都是月光爸去替她领回来。虽然她几乎不在家吃饭，但是她雇了钟点工，隔天来打扫卫生。那个阿姨有月光房间的钥匙，每次清扫完毕，就会“喀哒”一声锁上她的房间门。而月光爸是没有那把钥匙的。她对他始终有戒心。如同防备一个陌生人，月光爸常常这样想。但是他懂得安慰自己：要给她时间适应和慢慢发现，爸爸是疼爱她的。过去是无能为力，现在是无从下手。

上个世纪70年代末期，在月光爸的煽动蛊惑下，新婚不久的小两口决定离开偏远贫穷的四川小城，那时候月光妈还不知道她已经怀孕，她很崇拜月光爸，因为他写得一手漂亮的瘦金体书法，懂得中医针灸，口袋里常年装有一本厚厚的《新华字典》。闲时就拿出来逐字翻看，甚至还做眉批，月光爸曾经说过，“中国文化博大精深，一本字典里有无数的学问”。

他和月光妈恋爱的时候，就每周给月光妈写信，下一周见面的时候交给她，写在自己装订好的废弃的工厂报表的反面。一共有两本，离开的时候带走月光妈看过的那本，交替更换。这两本70年代的情书分别被月光爸起了名字，一本叫做《展望》，另外一本叫做《希望》。月光妈就是这样被俘虏的。于是决定跟着他浪迹天涯，去寻找新的生活。

他们的目的地是当时还由大英帝国统治的香港。他们的出发方式是——偷渡。

当然，那是一次在今天看来荒唐可笑的举动。一路上睡香蕉林地、用半生不熟的香蕉果腹的夫妻俩在离香港咫尺的虎门被双双截获。那时候月光妈已经快生了，他们经过严酷的审讯之后被遣送回原籍。月光不知道自己是否在监狱里出生的，没有人肯告诉她。但是她知道，她的降生意味着母亲的死亡。她常常梦见自己在游泳，水是猩红色的。后来她才知道，母亲死于大出血。之后父亲就坐牢了。月光是由姑姑抚养长大的。

姑父是一所大学的老师。月光长大的地方是大学里的职工宿舍。左边是大学里的幼儿园，右边是职工医务所。所以她的童年永远可以闻到刺鼻的消毒水味道，也能听到孩子们的游戏声。

那是简陋的筒子楼，晚上上厕所要穿过黑漆漆的走廊，月光没有打手电筒的习惯，她总是闭着眼睛，精确计算从房间走到公用厕所的步子，这样就算和老鼠在走廊里狭路相逢，也只会闻其声，不见其样。

月光爸出狱的时候，月光已经上小学了。她从姑姑和姑父的闲聊中朦胧懂得，父亲是做了些见不得光的事情的，月光心里有一颗种子：母亲是他害死的。这颗树种在月光的心里生根发芽，长成一株参天大树。从看见自己父亲的第一眼，她就没有叫过一声爸爸。

月光爸出狱之后在一家工厂做车工。他要求月光和他一起住。月光没有反抗。每天早上天不亮，她就起床收拾好书包，换乘三趟公交车，回到姑父任职的大学。她在那里的子弟学校读完了初中、高中。甚至她的很多功课，都是在接近两个小时的三趟公交车上摇摇晃晃着写完的。但，白月光从一年级开始，就一直是全年级的第一名，从来没有让出给任何同学那个位置。并且，毕业之后，她也从来不再回去学校看任何老师、同学，断绝了和他们的一切联系。

下了课之后，她要再换三次车，回到父亲工厂的宿舍。端着一个搪瓷盆去食堂打饭，冬天的时候天黑得早，食堂的大饭盆里永远只剩下冷冰冰的包子馒头。月光后来对陈郁郁说过：“那几年，我把这辈子的包子馒头都吃了。”

月光的父亲后来迷上麻将，晚上他会带着月光一起到牌友家。她就在“稀里哗啦”的洗牌声中写作业、做功课。牌友阿姨的儿子把自己的童话书借给月光看，《皮皮鲁和鲁西西》。很厚的一本。月光躲在被子里看了一夜然后就还给了他。月光不喜欢看童话，她不认为世界上有幸福的家庭和人生存在，在她的眼睛里，所有的一切都是支离破碎的。

周末的时候月光还是会留在姑姑家过夜。月光的姑姑在一家冰淇淋厂的化验科上班，无论冬夏，姑姑家的冰箱里永远有很多冷饮。月光就睡在冰箱旁边，夜里冰箱启动发出声音，她就会醒来，然后蹑手蹑脚爬下床，悄悄从冰箱里捏出一根冰棍，然后迅速爬回到床上，一口一口舔完它。然后把冰棍棒和包装纸藏在枕头下。

后来这件事被姑父发现了。随之告诉了月光的父亲，月光爸觉得很丢人，从此之后不再允许月光在姑姑家过夜。月光的姑姑很心疼这个无依无靠的侄女，总是私下悄悄塞些零花钱给月光，加上月光爸有时候赌赢了钱，也会甩一张票子给月光。月光不动声色地存起来。等到她高中毕业准备考大学的时候，那笔存款的数目使得当时的月光已经算是个“有钱人”了。

白月光高考的那几天，从早到晚一直下着倾盆大雨，她当然没有任何人接送或者送伞。月光骑着一辆“二八”的大自行车，穿过一条泥泞的小巷时还摔了一跤，半边脸跌得紫青，她一秒钟也没有停顿，一屁股坐起来跨上自行车，在车头已经歪了的情况下，飞快赶往考场。一瘸一拐地推开考场门，在一群考生的注目礼下找到自己的座位，把已经湿透了的头发像拧毛巾一样迅速拧了几把，然后头也不抬开始答题。可是还是有没有擦干净的雨水“滴答滴答”落在试卷上，刚刚写下的钢笔字就变得模糊一片。也就是从那一年开始，白月光一直不肯再留长发。

高考填志愿的时候，月光爸请来了妹妹和妹夫说服这个倔强的女儿，留在本地的大学：我负担不起你的住宿费，能给你凑齐学费已经不错了，这么多年都是姑姑在补贴，我还没还他们呢！

养女儿是你的责任，你还好意思说都是姑姑在补贴？月光冷冰冰看着他父亲的脸。

我要是有能力，我怎么会不养你？我不养你养谁？

养麻将啊。月光很快回答。

那是我的爱好，你从小到大都对我黑着个脸，我只有在牌桌上才能找到点快乐，才能获得点尊严，这是我的自由！月光爸声音愤怒起来。

是么？月光还是轻蔑冰冷的口气：原来输钱能让你找到尊严？你获得尊严的方法够别致的呀？

月光。姑姑听不下去出来打圆场：别这么和你爸说话，没礼貌。你是个好孩子，不要这样刻薄自己的父亲，好好商量。

月光对姑姑，到底是有些感情的，马上收了声。等待他们讨论自己的前途。

很久都不吭声的姑父问月光：本地也有很多大学，或者你选一所离家稍微近一点的城市，你成绩那么好，大学由你挑呢，干吗非要去那么远，将来回家或者我们去看你都怪不方便的。

没错，月光又开始冷笑了：我就是要走远一点，省得回来或者你们来看我。

月光爸叹了口气，他知道月光一定会选择一所离家很远的城市，越远越好，他知道女儿一直想要摆脱他们。现在她终于长大了，并且得到了远走高飞的机会。

月光，姑姑继续循循善诱她：广州那地方，你连人家说话都听不懂，怎么生活啊？

月光很奇怪地看了姑姑一眼：您不会认为大学老师用粤语给学生上课吧？就算是，我也可以学。

学个屁。月光爸嘟囔了一句。

白月光根本不看他：你们这些说普通话的大人，经常也说些我听不懂理解不了还夹枪带棒的狠话，所以，真要是完全听不懂，也有听不懂的好处，我不介意。

白月光！月光爸忍不住火了：我管不住你，我从小到大都管不住你这个野孩子，你要去可以，但是，我不给你一分钱！你自己看着办！

白月光听到这里，慢慢站起身，一边开始收拾桌子上的表格和文具：从小到大，你管过我么？你辅导过我的学习，还是照料过我的吃饭穿衣？我本来就没有打算从你口袋里掏出一分钱来，你那些银子，还是留给你去麻将桌上寻找尊严吧。

白月光的爸爸没有说话，站起身来，走到月光身后，照着她的屁股就是一脚，月光完全没有预料到，一个马趴从房间里一直摔到门外。

姑姑急了，上前去拉：哥你疯啦？

换你有这样的女儿，你会不会疯？月光爸的情绪很激动。

姑父走过去打算扶起月光，但是被她甩开了胳膊。她自己慢慢站起来，鼻血已经染红了胸前的衣服，她也不擦，“滴答滴答”在地板上发出声音。

月光爸看到女儿回过身来的样子，也吓住了，一时间不知道该怎么做出反应，想去拿纸巾的手停在半空动弹不得。

那一瞬间，白月光第一次觉得自己的父亲真像一个小丑。所以她居然忍不住笑了。

她这一笑，剩下的三个人都有点不知所措。十七岁的白月光在这些长辈面前所表现出的冷静和不动声色的成熟劲儿，让所有人惶恐不安。三个大人全部败下阵来，再也找不出什么话来劝说她。

于是那年夏天结束之后，白月光终于离开了出生地，被顺利地录取到广东珠江大学。从此摆脱了童年所有的噩梦，父亲的野蛮以及姑姑家那永远充斥着消毒水的空气。她发誓，这一生再也不要任何人决定或干涉她的事，任何事！但是，她也是在那个四季如春美丽异常的大学校园里，遇到了那个叫做严嘉宁的男人。

3

我的生活陷入了新一轮的低潮期。因为我的小说始终没有被任何一家出版社相中。我所谓的“相中”，当然是指按照一本书的正规渠道出版发行。签订合同，由出版社负责全部的费用，包括给我的稿酬或者版税，那些是我一个字一个字敲出来的，那是我的劳动成果，我想不明白为什么我的劳动成果没有人购买，还需要我自己再贴钱才能面市，我就是想不明白。所以，我始终也没有办法接受那个包销一千本的“合作方式”。

月光是媒体圈的。她对我的“不明白”深感可笑：现在很多出版社都是需要靠赚作者的钱来养活员工的，除非是一线作家，或者关系够硬，你一个初出茅庐的新人，凭什么让人家花人力物力财力费劲包装你，万一你的书卖不出去，出版社的损失谁来负担？每个编辑的年终奖都是和自己编辑的书的发行量直接挂钩的，谁会愿意冒这个风险出你的书？

白月光说这样的话给我听已经不是一次两次了。

难道他们只关心钱，而不关心作品本身的可看程度?

哟……月光喝了一口柠檬水：文艺青年犯病了啊你，作品本身的价值? 你火星来的啊? 这是什么年代了? 前些天我看一个作家写过，“过去是少数人写作，全民阅读，现在是全民写作，无人阅读”，你懂么?

谁说的? 我愤愤不平：我就阅读来着，我天天都看书。

是么? 你最近看什么书?

我自己写的书!

月光一口水喷出来，夸张地洒了一茶几：哟哟哟哟哟，我忘了您本来就是一个大作家呀，哈哈哈哈……她开始笑得直不起腰了。

我安静地看着面前的月光，心里想，我真的能让她这么开心么? 如果这是真的，我愿意一直在她生活里扮演一个被她挤对，逗她高兴的小怪物，哪怕她的开心只有一瞬间，也是由我带来的。

月光看我不说话，以为我生气了。她止住了笑：别灰心，车到山前必有路。万事开头难。你还是很有才华的，只是需要时间等待伯乐发现。

白月光劝导起我来，永远是老生常谈的调调。

她看我还不说话，站起身走到我面前，用右手的食指摸过我左脸上的伤疤，轻轻地，再摸一下右脸上的另一道疤痕。这一直是月光安慰我的方式。我总是在她这样指尖的触摸下安静下来。

那两道伤疤，左边的稍微短一些，右边的长一些。在我的人中处有一个交汇点，简单来说，我的脸看上去，就好像是谁划了一个“对钩”。那是两道用菜刀挥舞时砍下的伤疤，杰作者是我那患有精神病的母亲。我那至今还关在疯人院里的母亲。

我小的时候她曾经是一个正常而美丽的女人。一直到我读中学的时候都是。后来在一次下夜班回家的路上，被一个蒙面人推倒在地……还对她施了暴。那之后母亲就不太正常了，刚开始的时候只是神情比较呆滞，后来渐渐发展到无法工作，动不动就对我和父亲破口大骂，再之后就是动手，拾到什么就丢过来。

我想我能活下来，是命大吧。高中一年级的时候，她毒死了我的父亲——她的丈夫，把我砍成了现在的样子。在遇到白月光之前的这些年，我一直是依靠家里的存款和社会援助支撑学业和生活的。

我和月光曾经交换过彼此童年的成长故事。月光看着我的脸很久，然后说：在我眼里，郁郁你是美丽的，无论别人曾经给过你什么样的评价。你始终都是美丽的，别人不明白，是因为他们来不及走进发现。你记住，要按照灵魂指示的方向走，无论将来发生什么事情都一样，听听灵魂的声音，然后再决定去哪一个方向。

月光，我都听不懂你这些话……其实她已经说得我想哭了。

郁郁，生活已经让我们沧桑了，但是灵魂还是要纯洁。你会明白的。

我沉默，但是我内心却并没有因为自己的经历而感到多少痛苦，反而是听了月光的一些故事之后，我的心那么剧烈地疼痛着，仿佛看到那个小小的她在拼命地忍住眼泪，却不断地流，哽咽。可是，那个小姑娘竟然长大了，成了我生命中唯一重要的人。别人、包括我看到她在人前光鲜、耀眼，知名DJ的身份让每一个人都羡慕。可是，那后面尽是一道道无法遗忘的伤痕。当然，月光是被生活历练过的，这生活给过她遗弃、孤立、欺骗、狠毒等等一大串带伤的疤痕，挨过这一切的人怎么能对生活毫无防备？

我是那么地想穿越时空拥抱一下那个瑟瑟发抖的小女孩……而

她，终于到底还是长大了，她尽管变得古怪异常，但是她在电波里说话，给别人温暖，她是我生命最爱最珍惜的人，一直，一直，一直都是。

月光的老爸总说：大难不死，必有后福。我不知道他是否是说给自己听的，还是为了安慰我，或者是说他的女儿。

大概也就是因为这样，我和月光才有着同命相怜的感觉。我们和孤儿无异。我们仿佛生下来就被上天诅咒过。只是没有人知道那道咒语究竟是什么，或者如何才能破除它。我和月光，或者还有很多人和我们一样，身世凄惨，长大之后却无比坚韧。从不轻易向不相干的人诉苦。并且，没有什么人能够真正伤害我们。因为在手无缚鸡之力的时候，我们已经遭受过“灭顶之灾”了。现在的风浪，算个球！

我安静地看着月光抚摸完那两道伤疤，重新坐回到她的柠檬水面前。我总觉得她最近哪里有点不对劲，她过去很少把我放在眼里，我是说，她很少如最近一般总是似有似无时不时歪着脑袋嘴角带着一丝奇异的笑容观察我。有时候即使是我背对着她，我也能感受到她的这种举动，我分析了好多个晚上，但是一无所获，我不知道月光是哪根神经又在活跃跳动着，又在打算玩出什么妖蛾子来。我有一点点担心和细微的恐惧感。这种恐惧很微弱，微弱到一个转脸就可以遗忘，但，我还是感觉到了恐惧的存在。但是我实在又不甘心被内心的这种恐惧感不断干涉，可能还是因为焦虑吧，所以我总是很“逞能”一般地在天气特别冷的时候故意穿很少的衣服，吃一大盒的冰淇淋，仿佛是一直生理上折磨自己的自虐行为，有时候也觉得荒唐，我是在向谁挑战和宣告什么呢？这是不是比较好强又无计可施的人的通病呢?

月光，我不看她，低着头：你的圈子里，难道就没有出版界的人士相熟么？哪怕是书商也成，我这样没头苍蝇一样瞎撞到什么时候啊？……我终于还是开口求月光。虽然之前在内心里我演练过很多次如何央求她帮帮我，因为我觉得很难，想想看，我的小说的主人公是以她为原型，我承认我把书中的月光描写得有些凄惨不堪，但是现在我却开口请她帮忙出版这本书，这大概就是人们常常说的“小人”。但现在我发现说出口也不会是一件很难的事情，月光不是说过么，她能猜到我书里的女主人公的形象就是根据她来描写的。

她看了我好一会儿，也许是在认真思索是否认识出版界的人士。然后又喝了一口柠檬水，轻轻地把杯子放回到桌子上：我不认识。

说完之后就站起身穿外套：到点了，我上班去了。她在门口换好鞋之后又回头加了一句：好好待在家里看书吧，别乱跑。

我一直没有说话，也没有动。一直目送她走出门。我没有想到月光的回答是这样的，之前她给我的感觉不该如此，那次见完编辑之后，她还说会利用自己的节目帮我在节目里做宣传的，她也说过并不介意书里有些故事涉及到她。但是……现在她的态度……

也许我又多心了，她是电台主持人。虽然都是媒体，但到底隔行如隔山，她不认识出版界的人也算正常。但是按照我对月光的了解，她的回答应该是：就算我不认识，我也会帮你想想办法，或者托朋友问问。

但是她没有，她只是简单地告诉我四个字：我不认识。

这四个字有多少的可信程度？一半一半，还是全部否定或者肯定？我忽然陷入了一种前所未有的迷惑。

这个时候，手机响了，来电显示的图片上那对小熊耳环闪闪发光。

我接起来劈头就问：咦？！月光去上班了，你这个导播脱岗？

没啊，月光姐今晚打碟，不上班啊。她白天来签字的时候还和我开玩笑说今天放我的假让我去约会呢。

我的心一沉：她说去哪里了么？

没啊。我也不敢问啊。电话那端的声音有些不高兴了：我就是试着打你电话，看你是不是方便……

方便。我迅速回答：月光没和我在一起。

对方又高兴起来：那我过来？

别。我打断她：我出来，老地方见。

挂了电话我开始换鞋。脑海中不断闪现出今天晚上月光的不同以往。尤其是出门那句话：好好待在家里看书吧，别乱跑。别——乱——跑——别——乱——跑……好像有回音一般在我耳边响着。

白月光……我想，她到底知道些什么？

给白月光负责接热线的导播小姑娘。因为她总是戴着一对小熊耳环，我称呼她小熊耳环，没错。小熊耳环。更多的时候叫她小熊。她是我的——朋友。

我们是在网上的一个特殊论坛认识的。然后见面，很投缘。后来我们就不再和论坛里的人群混了，只是私下交往。是，我和她，在交往。

交往。我不知道还能用其他什么词语代替。交往。

那时候她没有工作，整天瞎晃悠，和我一样。但是我有月光负担着生活。而小熊，完全依靠家里。后来我听月光说她要招聘一个能陪她长期上夜班的热线导播。我想到了小熊，所以我悄悄告诉她这个消息，让她去找月光面试。并且千叮咛万嘱咐她：不可以让月光知道我们的关系。甚至不能让她知道我们认识。

小熊很听我的话。她比我小。说起来有点单纯，甚至有时候有点白痴。但就是那么奇怪，她在众多应聘者中被挑剔的月光选中了。也许月光也是觉得她年轻又单纯，她需要一个精力旺盛能陪她熬夜，同时又听话的助手。

而我，把自己交往的女生，安排在我单恋的女生身边，我想干吗呢我？对，我可以从小熊的口里轻而易举套听出所有月光工作时的一切。小熊只是知道，我和月光是闺中密友，月光一直帮助我，所以我感激她。小熊从来不怀疑我爱的并不是她。小熊甚至一度有些得意，她觉得自己可以瞒过冰雪聪明的白月光，私下里和她最要好的女生是一对恋人。

是的，小熊是我族类。小熊叫我“亲爱的”。小熊和我在那间酒吧里，每每有熟人过来打招呼，她就骄傲地挽住我的胳膊给人家介绍：“这是我那位。”

我们俩永远只能在她换休的夜晚见面，或者是月光不和我在一起的时候。当然也是晚上。白天，小熊也要补觉，也要开会上班，被白月光呼来唤去。还有，也许她觉得在酒吧昏暗的灯光下，我脸上那两道骇人的伤疤不会显得那么明显。我骗她说是当年在学校里打群架时被砍伤的，这更加让小熊崇拜我，她觉得我是个英雄，天不怕地不怕，我会保护她。

怎么这么久啊你。小熊看到我，发起嗲来。面前已经有三个空的啤酒瓶。

你给我打电话的时候我正在洗澡。我坐下来，招手让服务生送来两杯水：干吗喝酒啊你？

其实出门前，我实在忍不住仔细在房间里溜达了一会儿，包括开了电脑检查了一下我和小熊的聊天记录，那藏在一个非常隐秘的文件夹里，我还设置了密码。里面有许多她告诉我的关于月光的事。哪怕是鸡毛蒜皮，我都留着。我想月光没有理由知道我和小熊的事情吧？大概我实在是有点做贼心虚。

喂……小熊伸出手在我脸前晃悠了几下：你想什么呢？魂不守舍的。怎么了？

没事啊，我一口喝掉一杯水：你干吗喝酒，还没回答我呢？

我高兴啊。

有什么好事让你这么高兴啊，说来听听？小熊今天晚上的兴致好像格外高，那对耳环晃悠得我头都有点晕了。

你能出来陪我，我当然高兴啊。她还是笑嘻嘻的没心没肺的样子。

得了吧你。平时我陪你来玩，也不见你高兴成这样啊，我举了举她面前的空酒瓶，就这么一会儿工夫，你喝了三瓶？你没事吧？

不全都是我喝的。这里还有。说着她从桌子下面拎上来一个篮子，差不多是一打啤酒。

我皱起了眉头：怎么回事？

刚才我在这里遇到财神爷了，他听说我约了朋友，就请我喝酒，不过他现在走了。

财神爷？

对啊。

谁啊？话说出口，我有一种不祥的预感涌上来。

马澍。她回答得很轻快。

马澍！我当然知道。小熊的高层领导，新闻主播。月光基本上已经公开的男朋友。我的房东。我怎么会不知道他。可是我怎么会想到是他！

你怎么会遇到他？

不知道啊，她又晃了晃耳环：反正就遇见了呗。他和几个人，都是不认识的，临走的时候看见我，就过来打招呼啊，他还挺奇怪的。

奇怪什么？

和你奇怪的一样呗。以为我应该在上班。

哦，他不知道月光今天又打碟放音乐了？

大概不知道吧，他也问我来着，我就编了个谎话说月光姐都来了，忽然不舒服，就临时打碟了。所以我就约了朋友出来玩。

你们这个高层一直不知道月光经常性地放鸽子不做直播？

我不知道他知不知道。反正月光姐有权力签字，只要她签了字，就可以走人啊。每个主持人要是不做直播，只要有月光姐的签字就一路放行嘛……

所以，她也经常放她自己的行。我接上去说。

是唉……小熊也觉得有点不对劲：最近她常常打碟放音乐，不做直播。理由都是千奇百怪的。

哦？

一会儿病了，一会儿出差，一会儿有应酬，一会儿这样一会儿那样。她开始抱怨了，因为月光若是不做直播，直接会影响小熊的工资。

你们高层没意见？我又问。

不知道。她很诚实地回答：不过他听我说月光姐不舒服，皱了一下眉头，还问了一句："是么？"然后就走了，临走前给我买了一打啤酒，还陪我吹了一瓶，哈哈。

你行不行啊你，还吹啤酒……喝醉了我背不动你啊。说着我拿起篮子里的一瓶啤酒，喝了一大口。同时心里在想：月光去了哪里？既然她和我说去上班了，又没有和马澍在一起，她肯定不会回家的，她去了哪里？和什么人在一起？在干吗？她为什么要瞒着我……我的脑子开始乱起来。

小熊看到舞池里扭动的人群，已经坐不住了，站起身来拉着我，来来来我们跳舞嘛……

我实在没什么兴致，但是我又有点不忍心扫她的兴，而且，要是我一个晚上都坐在这里思考这些问题，八成我会喝光所有的酒，然后醉倒，这是很危险的。我不能允许这种可以预见的危险发生，所以我站起身，陪小熊在拥挤的舞池里，随着刺耳的蹦迪音乐扭动着屁股和腰。

小熊把双手搭在我的肩膀上，然后开始随着音乐的节奏摇头，好像吃了摇头丸一样。我每次见到她这样都觉得奇怪，难道不头晕么？黑暗中和一闪一闪的射灯下，只看见那对耳环晃动得几乎要掉下来了。这样看着胸前的女孩子，我有时候也想，大概她也是需要发泄的，她让我觉得什么叫做“无知是福”以及“无知者无畏”，她那么“勇敢地”接受所有一切我提供给她的含情脉脉的假象。她大概才是一种真正的洒脱吧！爱什么人就是爱什么人，男人女人都不重要，我很多地方真的需要向她学习才是。可是很快我就发现，我没有那个天赋，每个人都脆弱不堪，小熊的脆弱孤单只是没有表现出来，或者我还没有发现罢了，所以我也不想为难自己了，学着洒脱？我们都是凡人，很多东西舍不得放手，很多时候连正视自己的勇气都还没有呢，学着洒脱？太扯淡了，还是学着“想哭就哭，能笑就笑”更实际吧……

她几乎疯跳了整个小时，直到音乐变成舒缓一点的慢摇滚才停下来，我已经被巨大的音箱声刺激得心脏剧烈跳动了，不会比小熊蹦得更慢。

我看看表，按照时间离月光下班已经不远了。我不知道她今晚会不会去我家。我的手机一直放在口袋里，隔几分钟就掏出来看一次，我怕她找我。但是没有，一直没有。

我们走吧，不早了。我扶着差不多东倒西歪的小熊。

不嘛……她好像还没玩够：酒还没喝完呢……

带回家。

去你家？她眼睛一亮。

你带回家。下次我陪你喝。

她马上嘟起嘴：你不陪我了？

姑奶奶，我要回家写稿子啊。

写稿写稿写稿，你就知道写稿，你最近对我越来越冷淡了。她开始发牢骚。

我不写稿，怎么给你零花钱啊？说着，我从钱包里掏出五百块钱递给她：全当补贴你不上班的工资损失了。而其实那五百块，是月光昨天才给我的。

她又笑了。顺手接过来放进牛仔裤口袋里。谢谢亲爱的，说完在我脸上亲了一下。

我没有反抗。然后抱着她，拎着剩下的酒，摇摇晃晃走出乌烟瘴气的酒吧，然后帮她叫了一辆出租车，再告诉司机地址，顺便也把车钱付了。然后对喝得已经半醉的她说：回家好好睡觉。明天还上班呢。

知道啦，亲爱的。小熊的舌头都有点大了。涂的蓝色眼睫毛也在汗水的浸泡下脱落，眼睛脏兮兮的，一吐气全是酒味。我有些厌恶，挥手让司机开车。

然后我也迅速拦下一辆出租车往家赶。我闻到自己身上有很重的被酒吧烟熏过的味道，想赶紧回家洗澡。若是月光下班了来我家，我可以装成没有出去“好好待在家里看书没乱跑”的模样。

而如果她没来。我就打算继续修改我的小说。虽然我也不知道该从什么地方修改起。

开了门。灯亮着。白月光坐在沙发里，面前还是那杯柠檬水。她在看书。我心里一惊，天呀，她居然在！

我只好延续我的惊讶：啊，你不是上班去了么？

她抬起头看我，一脸平静：去了，但我突然有点不舒服，就回来了。

哦？是么？心想，你和小熊的谎话居然还编得一模一样。我装得很紧张：怎么了你，哪里不舒服，要不要去医院？说着就过来摸摸她的额头。冰凉的。

你去酒吧啦？她没有回答我的问题。

嗯。我很老实地回答：一个人有点闷，去喝了两杯。

我就知道你会乱跑。月光一副胸有成竹的样子看着我。

我不知道该怎么接话，只好说：你不舒服，怎么不给我打电话啊？

我以为你会在家啊，结果回来的时候你已经出去了。我想你大概就是去玩了，不忍心扫你的兴，所以就没打，让你和朋友们放松一下嘛。

朋友们……我在心里嘀咕了一下这个词。然后迅速说：什么朋友们，我一个人啊。

哦……是么……她看着我：那么没什么艳遇？

我？艳遇？你挤对我吧？

我没有。说着她放下手里的书，站起来去倒水：你快点洗澡吧，一身的烟酒味，熏死了。

我知道，马上洗。我很快回答。自己感觉语气里充满了做了亏心事的小心翼翼。同时一眼瞥到月光放在沙发上的书：一本叫做《正见》的关于佛教的书籍。

你怎么看起这种书了？我印象中，月光是从来不看这些书籍的。

哦，我一个朋友推荐的，说是能看透人生的很多东西。我觉得这个说法很有意思，所以买了一本看看。

我读过那本书，其实是一个藏传佛教的大师写的一本关于“佛教四法印”的很通俗易懂的书。说实话挺好看的。我一直记得其中的一句话：“是你的执著捆住了你。”每次我的脑子钻进死胡同的时候我都会想起这句话，我不知道，月光能从这本书里看到什么，或者悟到什么，她一向比我聪明。

开了洗澡水，我又想起自己小说的结尾，我让那个女主人公坠入佛门……而月光，居然现在开始看起有关佛法的书了……我把脑袋伸进热水里，不想把这两件事联系在一起想。

THREE

嘉宁:

你好么?

在许多个夜晚,我应该是坐在话筒前,听那些悲欢离合的故事。但也有许多个夜晚,我开始不明白自己为什么非要坐在话筒前,听那些完全和我无关的事。当然,我明白这是我的工作我的饭碗我的职业我赖以生存的手段……我什么都明白,但是我不明白为什么我这么明白却依然不明白……我是不是在说胡话?

于是,我开始越来越多的——逃离。逃出那个小小的封闭的直播室和话筒。我目前能做到的仅仅是这样了。可是我又能去哪里呢?后来我找到了一个方式,在这些逃离的晚上,去坐夜班的公交车。从起始站一直坐到终点站,再从终点站坐回到起始站……反反复复,每次两个小时。时间长了,连夜班公交车的司机都认识我了,有时候空荡荡的车厢里只有我一个乘客,司机甚至连票都不让我买,但更有意思的是,他没有对我的举动表示出任何的好奇,也不和我多说话,只是专心致志开车。而我,永远坐在车尾最右边靠窗户的位置,看着这个城市:白天的石头森林,夜晚仿佛变成一个浓妆艳抹的女人。高大沉默的梧桐树一棵挨着一棵,在路灯的映衬下仿佛是手牵着手的巨人。我看这个城市真妩媚,她看我却不是这样。

有时候，我会在玻璃窗上写字。有次有几个男女乘客在我前排的座位上大声喧哗吵闹，每一句话里都带着谁的生殖器，我于是哈了一口气在玻璃窗上，然后写了一个大大的“静”字，一边听着他们发出的噪音，一边盯着那个“静”字，一直盯着，盯到它慢慢变浅变淡，最后几乎消失了。忽然间，我就笑起来，大概是笑自己吧，笑自己什么呢?

“静”?

其实，我根本不认识这个字。

嘉宁，我的心里住了一个神。隔三差五我会和神对话。把我心里想不明白的事情告诉神。神总是不回答我。神双手插在口袋里，无论多冷都穿得很单薄。神只静静地看着我。一言不发。看碎了我所有的忧伤。每天晚上出门之后第一件事，就是抬头寻找天上的星星，即使是阴天也不忘记抬头仔细找一找，我觉得那些星星很像神的眼睛。

记得当初离开你之后，选择了这个城市。那时候我也是拼命坐公交车，带着地图，在等车的时候默默背诵站台名，用尽全力想融入和熟悉这个地方。这么多年过去，我算是在这个城市小有成绩，也熟悉这里的每一个街道、每一条马路。我不会再迷路了。可是嘉宁，就是在坐夜班车的时候，忽然觉得这个城市对我来说越来越陌生，陌生到让我心生恐惧，以及：我自己都不愿意承认的厌倦。

嘉宁，有时候想想，既然这么厌恶这种生活，若是有一天决定离开，改变现在的一切，大概我会想着找个谁说一声“再见”吧。

很郑重地说一声。可是，目前为止，我却连这样的一个人都找不到，想到这里我就想哭，但更多时候，我竟然是想笑。

在公交车尾度过的两个小时里，能透过玻璃窗看到一些白天无法触及到的景象。路边有时候有人喝醉在扶着树呕吐；有人扯着嗓子唱励志的口水歌；有人乞讨有人拾荒；有人因为车祸在路边厮打争吵；有人抱在一起亲吻；有人蹲在马路牙子上放声大哭……就好像一场又一场不同情节的电影。我看得很上瘾，但同时也在想，不知道在那个司机眼里，我是不是也是这样的一场单独的电影，而无论电影有多孤独，终究会有落幕的一刻。嘉宁，我演出的是一场怎样的戏？我又要如何结束这部电影？

嘉宁，你能相信我偶尔会希望夜车出事，意外撞死自己吗？那样的话，我会不会不再想念你呢？

月光

无论是喜欢同性的陈郁郁，
还是离开了严嘉宁的白月光，
她们大概从某种程度上都绝望了，
觉得没有爱情，
只有情欲，
以及——孤独。

D

月光，你进来一下。

马澍拉开办公室的门，喊住了已经背着包准备离开的白月光。

干吗？白月光好像很赶时间的样子。

你要去哪里？

回家。她很迅速地回答：老头子好像有点不舒服，刚刚给我打了个电话，半呻吟一般，不知道是死是活呢，我要回去看看。

马澍的目光在月光的脸上停留了很久，好像想要寻找这个回答的真实性：我陪你去吧。

你？五点不是还有一个会议么？

哦，你知道五点钟要开会啊。

反正是你开会，大家听，少我一个怕什么，又没有什么重要的事。

你怎么知道没有重要的事？

有么？白月光反问。

有。马澍简洁明了地回答了一个字。

白月光本来想问什么事的，但是话到嘴边又改成：那你回头单独给我开一个补充会议吧。有什么事比人命还重要。说着她转身就想要走。

月光，真的是很重要的事，关乎你和我的未来。

哈，白月光笑了：我和你有什么未来啊？

马澍走过来，按住她的肩膀，让她坐下：你能正经一点听我把话说完么？

白月光看看表：稍等。然后掏出手机打给陈郁郁：你去我家看看，老头子说很不舒服，不知道出了什么状况，我有个很重要的会议，实在走不开。

陈郁郁只回答了一句“我马上去”就收了线。

这时候马澍才相信，月光刚才说的是真话。不知道为什么，他觉得自己越来越不了解眼前这个女人，他一手栽培出来的女主播，他的女朋友。如果她当自己是男朋友的话。

好了，月光把背包放在沙发上：我洗耳恭听，什么重要的事？

月光。马澍拉过一张椅子坐在她面前：等一会儿的会议上，我有一件事情要宣布，在会议宣布之前，我想先单独告诉你，让你有个心理准备。

白月光看着马澍一脸严肃的样子，也开始相信他确实有重要的事情要和她说。

你说吧，我在听。

月光，我要调离我们台了。

月光愣了，她完全没有想到是这件事。准确地说，之前她没有收到任何一点风声。所以一下子，她不知道该怎么回应他。

调离？为什么？

呃……马澍迟疑了一下，没有正面回答她：我要去别的频道。

还是副总？

不，频道总监。

哦……月光笑了：那么要恭喜你呀，升官啦。

月光，马澍还是一脸严肃：我是为了你。

为了我？月光脸上流露出不可置信的表情。

对啊，为了你。

你升官，这和我有什么关系？她回答得很冷漠。

大概就是这种冷漠的回答，让马澍有点难过：你真的不明白我的一片苦心？

月光又笑了：你该不会告诉我说，你调到其他频道，空出来自己的位置留给我吧？

马澍伸出手来握住月光的手，眼睛依旧看着她：空出来的位置，要经过大家的投票，当然，你是最有力也是最理所应当可以接任的。

我没兴趣。白月光很快地回答：我早就和你说过，我和你不一样，我对升官一点兴趣都没有，我受够了应酬以及大大小小的会议，如果你真是为我好，就别想这些妖蛾子出来，这样挺好的，我很满意自己现在的状态，我不想有什么改变。

好吧。马澍很有耐心：那么我再说一个别的理由。现在大院里我和你在恋爱的事，基本上就是一个公开的秘密，所以我调到别的台，也算是一种避嫌吧，省得总有人说我包庇你之类的。

哈哈哈哈……白月光笑得更欢畅了：我做了什么见不得人的事么，还需要你包庇？

我只是举个例子。也许我用词不恰当。但是你不觉得，我们在一个频道工作，是有些不妥么？

月光想了一下，问他：这么说，你好像对调职升官很不情愿？

马澍没有回答。他不知道怎么回答。他不明白白月光为什么总是在这个问题上纠缠。

马澍，我觉得吧，你调去哪个频道，只要对你的仕途有好处，你尽管去就好了，何必非要把我牵连进来？当然，我得承认，你的第二个理由有一定的道理，但是你看看大院里这些年一个频道恋爱结婚成家的人多了去了，我怎么没见人家有避嫌这一说？

马澍听到这里，迅速抬起头：你愿意和我结婚？

天……月光想马澍大概是误会了自己：我不是这个意思，我只是说，你没有必要完全是为了我而做出什么为难自己的事情来，我不喜欢这样。你这样我会有心理负担的，我可背不起这么大的责任。

是，你不愿意和我结婚，你不愿意负责任。马澍的口气怎么听都有点像个怨妇。

白月光没有说话，直接用手狠狠拍了一下自己的额头：我们现在不是在讨论您是否要调职高升的问题么，扯到什么地方了你？

月光，其实这个问题也是我一直想和你说的。我们俩也谈了有段日子了吧。我觉得即使结婚也没有任何的问题啊，房啊车啊事业啊都有啊，为什么不能呢？我都是四十岁的人了啊！

白月光又笑了一下，没有说话，她在心里想，是啊，房啊车啊事业啊什么都有了，难道有了这些就可以结婚了么？

你笑什么？

马总，她指指手上的表：已经四点半了，我看你若是想在半个小时之内和我谈清楚这么重大的两个问题，怕是时间不够，要么我们改日再议？

一说到这个问题，你就打哈哈，我知道，你就是不想和我结婚。

白月光还是不接招：你这算是求婚么？

我要是正式向你求婚，你会答应么？

你先回家琢磨几种与众不同浪漫别致的求婚方式，然后来求求看，我再考虑。

月光！马澍被打败了：好吧。那么，你算是同意我调职了？

你有没有搞错啊？白月光有点烦了：你是我的上司，你要调职需要征求我的意见么？

你是我的女朋友。

拉倒吧你，之前你也从来没有和我商量过这件事。你现在是向我宣布你的决定。你是通知我，先让我这个中层有点心理准备，什么同意不同意的，我不同意你就不调啦？

马澍不吭声了。的确，调职的事情已经是板上钉钉了，只等会议结束之后就张榜公布了。只是他完全没有料到月光的态度。她似乎完全不在乎他的发展，也丝毫不领情他那些“为她好”的理由，她甚至……根本不关心他的任何感受。对，白月光就是一个对所有一切都无所谓不在乎的人。

马澍觉得自己虽然拥有这样一个出色的女友，但是他似乎也同时拥有了更多别人看不到的孤单。他忽然对他们的关系有一点点灰心。

那好吧，说着他站起来：那么等会儿我就在会议上宣布了。

好呀。月光回答得很轻快：既然你已经提前告诉我会议的内容了，那么我就不参加了，向您请假了。

马澍没有回答，挥挥手表示她可以走了。

月光没有再看他，“咯哒”一声关上了马澍的办公室门。

电梯里，月光一直在想，自己是否应该尽快和马澍说清楚，至少也让他有点心理准备。而白月光想告诉马澍的，也是两件事：第一，她想辞职；第二，她想分手。

这个念头，已经在她心里盘旋很久很久了。她一直在做着准备。悄悄地，瞒着所有的人。

你在哪儿？出了电梯，她打通了陈郁郁的电话。

这么快开完会了？对方声音很冷漠。

我提前走了，怎么样，怎么回事？白月光当然是在问她老爸的情况。

我现在在120的救护车上，你爸情况似乎不妙，来的医生说有脑出血的征兆。

月光愣了：我马上来。

医院的消毒水味道，是月光最熟悉不过的了。所以，她一直很抗拒来医院，不到万不得已，绝对不会到医院就诊。而这一次的不得已，是她那从来没有开口叫过一声的父亲，现在不知道是生是死的父亲……

怎么样？医生怎么说？月光在病房的走廊上和郁郁撞了个满怀。

陈郁郁看到她一脸异常的紧张，心里忽然好过了一点。当她赶到月光家的时候，发现月光爸躺在厕所的地板上，不停地呕吐，已经接近神志不清。郁郁也是第一次看到这样的场面，她吓坏了，迅速拨打了120急救，然后按照电话里医生的方法，先松解开他的衣领，取下他的假牙，让他侧卧，然后一点点清除他嘴里的呕吐物。在做这些事情的时候，她忽然第一次恨起月光来：究竟有什么要紧的会议，会比自己亲生父亲的命更重要？

但是现在看到月光一脸紧张慌忙地赶来，她又迅速原谅了她：医生说他脑叶出血，庆幸抢救得比较及时，现在没有太大的生命危险，但是不知道会不会有什么后遗症，所以要留院观察，我现在去给他办理住院手续。

月光听到这里，突然瘫坐在椅子上，长长地吐了一口气。

郁郁看着她：你没事吧？

我吓坏了。

救护车还没来的时候，我给他做了人工呼吸。陈郁郁很平静地说。

月光听到这句话，惊讶地抬起头看着她。

是医生在电话里教我的。

你……月光还是说不出话来，伸出手拉住陈郁郁，握得很紧：谢谢你。

陈郁郁笑了：应该的。

这时候月光才稍微缓过一点神来，她从包里掏出一张信用卡：你帮我去给他办手续吧，我想坐一会儿。

好。陈郁郁接过卡，转身走了。

白月光在椅子上捂住脸，动弹不得。少年的时候每每和父亲发生争执，她都希望他可以死掉，这样自己大概就可以获得解脱，而他也不会再祸害他人。她从来没有经历过父亲生病的事件，她第一次意识到：原来一定会有那么一天，她需要面对他的死亡。可是他的死亡，能带来或者带走什么呢？在这样的时刻她的脑子里还在思考这些形而上的问题，白月光觉得自己真是太没谱了。

陈郁郁回来之后，看到月光还坐在那里发呆，她把手放在她的肩膀上：没事的，你要相信医生的话。

这时候月光才抬起头，目光恢复了一点冷静：医生说能看他么？

陈郁郁把那张卡递还给月光：今天不行，明天可以。

月光又愣了：不能看？

对啊，郁郁说：刚刚做完手术，还在观察呢，况且他也没醒。我们明天再来吧。说完她把月光的包拿起来，我们走吧。

月光顺从地站起身来，跟在陈郁郁身后出了医院的门。然后就坐在医院外面的台阶上，从包里套出一根烟，又把脑袋伸进包里去找打火机。

“啪——”陈郁郁把火递到她跟前，月光就着她的手点着了烟，深深地吸了一口，又慢慢吐出一句：吓死我了。

陈郁郁看着她的样子，忽然有点想笑：我以为你一直不关心他，希望他早点归西呢。

月光转过头看了她一眼，没有说话。而她心里想的是：我以前其实还真是一直希望他早点归西。但这个早，应该不是现在吧？但又是什么时候呢？早和晚的区别，谁才能定义清楚呢？

郁郁……月光看着她，欲言又止。

怎么了？

你说他脑袋里到底都在想些什么呢？怎么好好的就会忽然出血？

陈郁郁摇摇头：你不会白痴到一点医学知识都没有吧？只有想得多的人才会脑袋出血？

我不是这个意思……

月光，我回答不了你的问题，我们谁能知道谁的脑袋里究竟在想什么呢？

我想，他大概是觉得，来了我身边之后的每一天都是赚来的，活一天就是赚一天。

啊？郁郁愣了一下：有必要这样想么？

月光摇摇头：不知道，我也是猜得。这个老头，难道就不知道多赚一点么？

郁郁再次握紧月光的手：你要好好的。

我知道。月光回答：那么那么长的日子，那么那么多的可能，那么那么多想做的事情，都还没完成呢，我会好好的。

月光，我怎么觉得，一到了特别关键的时候，你就格外文艺起来？

白月光没有回答，抬头看着天，再也不说话了。

她们俩在医院门口坐了很久很久，一直到天色完全黑下来。还是陈郁郁先说：回家吧，明天我和你一起来医院。

你陪我回去看看吧，我给他收拾点在医院要用的东西。

好。陈郁郁拉开一辆出租车门：你今晚节目怎么办？

打碟。月光不假思索。话音刚落，她的电话响了。月光边从包里边掏电话边对陈郁郁说：肯定是马澍，我今天下午就是被他一个傻B的重要会议弄得脱不了身。

陈郁郁没有回答。她早就猜到了。

干吗？白月光的口气极坏。

你父亲没事吧？听得出马澍还是很关心她的，会议结束之后第一件事就是打电话给月光。

脑出血。月光的回答很简单。

这么严重！马澍没想到：现在情况怎么样了？你在哪里？我马上过来。

不用了。他还在留院观察。郁郁陪着我，回去给他收拾点东西。

那么……马澍还想说什么，月光打断了他：从今天起，我请两个星期的假。你也别来烦我。

马澍知道月光的脾气，本来他想说过来陪她一起的，但看这个架势，还是让她先消消火再说吧，如果不是下午拦住她非要和她谈话，也许她不会这么生气。

所以，他很知趣地说：没问题。一切都等你爸爸康复之后再说。

回到家里。陈郁郁打扫洗手间里的呕吐物，同时把从医院带回来的月光爸的脏衣服泡在洗衣粉里，然后开始拖地。月光在他的房间里帮他收拾换洗的内衣裤以及洗漱用品。两个人谁也没有说话。默默地干了一个小时。

等陈郁郁收拾好所有的一切，发现房间里的月光一点声音都没有。她走进去一看，月光坐在她爸爸的那张藤椅上，手里捧着个本子在发呆。

你在干吗啊？陈郁郁走过来，好奇地从她手里拿起那个本子。

原来他还写日记。

你怎么发现的？

就在他的枕头下面。

你爸的字真漂亮。郁郁翻着那个本子，发出赞叹。

月光伸手拿回来，重新放回到枕头下，轻轻地对郁郁说：我觉得他也可以出本书，就叫《忏悔录》。

陈郁郁忍不住笑了：这个时候，你还是不忘记刻薄他。

月光也笑了一下，很苦的那种笑：走吧。去你那里。我不想一个人留在家里。说完拎起收拾好的一个小旅行袋，又把自己的背包背起来，回头对郁郁说：你那里有东西吃么？我整天都没有吃过东西。

有。回家我给你煮面吧。

好。月光的回答听上去不像是有食欲的样子。

这个时候，陈郁郁又一次觉得，她们俩真是相依为命的一对儿。她甚至有点小小的得意，如果没有自己，月光面对这些事情，她该怎么办呢？而自己，在这个时候，应该是她唯一信赖和可以依靠的人，那个马澍，月光甚至拒绝他来看望她。

到了郁郁家，月光把手里拎的旅行袋丢在地上，连拖鞋都不换，迅速瘫坐进沙发，又长长地呻吟了一声。

郁郁看看她，把旅行袋拿进房间。然后切了两片柠檬丢进水里，另一只手拿起月光的拖鞋，递到她面前。

哦，月光坐起身来：谢谢你。

陈郁郁没有回答，转身去厨房给她煮面。等她出来的时候，发现月光已经靠着沙发睡着了，还是没有换鞋。她捧着碗看了月光好一会儿，然后轻轻又把面端回到了厨房，再进房间拿出一条毯子蹑手蹑脚地给她盖上。但是月光还是醒了。

不好意思，我实在太累了，竟然睡着了。说着月光揉了揉眼睛。

你是紧张过度了，现在放松一点，人就特别倦。

你不是也很紧张么？

我？陈郁郁想了一下：无论如何，那个是你的爸爸。

白月光没有接话：好香啊，面煮好了。

嗯，我给你去拿。

果然，白月光只是吃了两口就放下了筷子。

怎么了？陈郁郁问：不好吃？

没胃口。说完她开始换拖鞋。

没胃口也要吃。陈郁郁早就知道是这样的答案：你要是这个时候病倒了，我一个人可照顾不了两个病人。你就当是替你爸吃吧。

哈。月光笑了：到底是写小说的人，说起话来，跟电影台词似的。

滚。郁郁知道她又在挤对自己。看来白月光已经没有那么担心了。

你请两个星期假，没问题吧？她问月光，总觉得下午她接马澍的电话，口气里有点异样。

管他呢。月光回答：你知道么，马澍要调走了？

哦？是么？郁郁很惊讶：为什么？

升了呗，去另外的频道做总监了。

下午就是在说这个事？

对。他纠着我不放，还口口声声是为了我好才这么做的。

为你好？连郁郁都不相信这样的话。

是啊，多扯淡的理由啊。按照他的意思，好像是空出了位置留给我，而且，还为了我们的关系不在大院里引起议论。

这样啊……

我觉得他就是在胡说八道。

你们的关系大院里的人都差不多知道吧，不知道的也能听到各种版本的谣言，这个时候才想起来避嫌啊。郁郁也觉得这个男人的理由真是有点荒谬。

各种版本？月光看了她一眼：你听到什么版本？

陈郁郁马上意识到自己说错话了：我能听到什么版本啊，我基本上就是一个隐形人，谁也不认识我啊。我的意思是说，你们大院都是靠嘴皮子吃饭的，你俩一直犹抱琵琶半遮面的，当然会有人在背后乱说啊，用脚趾想也能想到。

说得也对。月光叹了口气：马澍还说，他调职，是希望我们能光明正大地在一起，不被说闲话，他让我和他结婚。

啊？！陈郁郁又惊讶起来：他向你求婚？

去他妈的。白月光骂了一句脏话：他想得美。

陈郁郁知道白月光不会答应的，就算马澍跪在地上求她，她也一定是无动于衷的。但是她没想到，这个马澍对月光竟然真的动了结婚的念头。她想了想，小心翼翼地问：那你打算怎么办？

什么怎么办？我和他有什么怎么办的？白月光又开始招牌式的反问。

陈郁郁很小心再问：你们俩在一起也好久了，你打算就这样拖下去？

拖？哼……月光冷笑起来：不要逼我。不然大家只好一拍两散。

听到这个回答，陈郁郁怦怦跳的心渐渐平静下来。好容易有这样的机会说到这件事，她还是忍不住想多问几句：你难道从来没有想过要和他结婚？

没有。月光很干脆地回答。

那么你干吗和他恋爱了这么久？

白月光端起茶几上的柠檬水，一饮而尽：因为我孤独。

她看郁郁不说话，放下杯子又补充了一句：是的，因为我孤独。

孤独……陈郁郁咀嚼着她的这个词。

是，孤独。真是……他妈的孤独！

陈郁郁不知道该说什么了，很久很久，她用几乎听不见的声音说：我也很孤独。孤独得几乎绝望了。

我知道，月光回答：无论我感觉有多孤独，你都比我更孤独一点，或者更多。

月光，陈郁郁忽然有一种幻觉，也许月光对她是有感情的，所以她大着胆子问：如果你真的和马澍分手，你还会继续谈恋爱么？

啊……月光没想到她会问出这么无厘头的问题：当然会了。人生里怎么能少了谈恋爱这件事呢？

那么，还是不涉及到结婚？

对。

为什么呀？

结婚有意义么？

不结婚的恋爱有意义么？

郁郁，月光看着她，很疲倦地说：我已经过了三十岁了。已经过了对结婚抱有幻想憧憬的年纪。况且，恋爱和结婚在我的概念里，完全是两回事。

难道你打算永远这样？

你今天怎么了？这么多问题，月光开始不想回答了。

没有啊，这不就是说起来了么，陈郁郁有点心虚。她不知道自己是不是想从月光嘴里听到她打算终身不嫁的回答。

月光站起身来：我去睡觉了。说完又看看还坐在沙发里的郁郁，说了一句：我忘了是从什么地方看到过，大概的意思是说："在你想结婚的时候，你遇不到那个人，或者遇到了，对方未必愿意和你结婚，或者老天不愿意你们结婚。等你已经不想结婚的时候，总是会有莫名其妙的人找上门来说要和你结婚。"

陈郁郁笑了，回头看着她。月光摊摊手："造化弄人"说的就是这个意思吧。说完她走进了房间，没有再出来过。

一些神秘主义的哲学家，诗人，都以为小孩子在出生前拥有一个无限自由的前生世界，是极乐的。一旦出生，就被背叛和不断地剥夺。童年和家庭对白月光和陈郁郁的影响都太大了，大部分是不利的影响，很灰色阴暗的东西，已经留在了她们的身体里面，也许她们都并不恨什么人，但是对很多事情都是怀疑和不信任的，但是又想依赖什么的，这两种心绪纠缠在一起，动荡不安，又脆弱不堪一击的。所以陈郁郁依赖白月光，而没有了严嘉宁的白月光，突如其来的一个马澍，她就依赖了上去，可是，她们大概都没有想过后来吧？

但是，这两个女孩子都是知道的，爱情总是短暂的，温暖、安静和智慧的男人，怕是已经不存在了。无论是喜欢同性的陈郁郁，还是离开了严嘉宁的白月光，她们大概从某种程度上都绝望了，觉得没有爱情，只有情欲，以及——孤独。

4

小熊最近问我要钱的次数越来越多，数额一次比一次大，几乎让我有点吃不消了。要知道，我是个没有工作的人，虽然我的生活开销基本是由月光负担着，尽管她经常给我钱花，当然，我也给一些乱七八糟的杂志报纸写一些糊弄人的文章，偶尔骗得一些稿费。但是这一切都抵不过小熊狮子大开口一般的索取。

当然，这也有我的原因，最近我很少有机会陪她。总是用写稿的理由回绝她出去玩的要求。每次她被我拒绝之后就会不高兴发脾气，于是我只能掏出钱包来安抚她。接过钞票的小熊就不再抱怨了，兴高采烈打电话约些狐朋狗友夜夜笙歌。我甚至怀疑，在我之外，她还有另外的相好，当然这仅仅是我的猜测。

就算是真的，我想自己也没有什么权力阻拦她。她那么年轻、单纯可爱，打扮得花枝招展，我知道有很多人喜欢她。虽然她对我是百依百顺随叫随到，但是更多的时候，我明白自己对她的感情，仅仅是一种喜欢，根本谈不上爱。我们常常都是这样，和一个人在一起，心里却想着另外一个人。我是这样，月光也是如此。

我不敢把自己的感情取向写进小说里，可是我又找不到更好的发泄途径。我很想让更多的人知道，我们这些在正常人眼里看上去的异类，其实并不可怕。我们都是好人，我们只是在某些事情上，有自己的观点，我们只是想按照内心的旨意过自己想要的生活罢了。我们没有妨碍谁，我们更不会伤害谁。

这些话，我只和一个人说过。那就是月光爸。我也不明白自己为什么会告诉他。原本我以为，这个古板的老头儿一定会惊慌失措，但是他没有。只是从报纸上抬起头，摘下眼镜看着我，然后说：那么，你是喜欢我的女儿了？

我没有吭声，用沉默表示回答。

她知道么？月光爸又问，语气平静得让我惊讶。

也许吧，我不知道，但我感觉她知道。

可是她有男朋友啊……月光爸给我的感觉竟然是好像希望和月光在一起的是我一样。

爹爹。这是我一直对月光爸的称呼：我从来没有奢望能和月光怎么样。

他没有再说话，低下头翻过一页报纸。隔了一会儿又抬起头：你对她那么好，她怎么可能不知道？

她也对我很好啊，我们就是相互照顾。

你错了，傻孩子。

哦？我很想听听这个老人家的观点。

不管你喜欢的是男人还是女人，至少说明你还有感情，你会对一个人产生感情。而月光……他停了一下，看向窗外：月光对人没有感情，她的感情细胞，已经全部坏死了。

爹爹，你怎么这样说自己的女儿？我皱起了眉头，尽管有时候月光给我的感受真的如同她老爸说的一样。

她对你好，仅仅是因为你对她更好，是一种本能，就好像她把我接过来一样。还有那个马澍，那也是月光的本能需要罢了。

我没有吭声，我不知道该怎么接话。

都说人类是群居动物，我有时候觉得，我这个女儿，更适合洞穴生活。

哈哈，我实在忍不住笑了。

当然，这些和她从小的成长环境有关系，我要负上很大的责任。月光爸开始检讨自己了。

我还是没有说话，我想也许他是对的。在少年时候，在需要关怀的年龄，没有人在我们的心灵里填上爱护的土壤，反而是一而再再而三用铲子在我们的心上挖坑，等我们长大成人，依靠自己的力量将心里的缺陷用结实的铜墙铁板遮掩起来，不让任何人发现那个被铲出来的大坑。这个时候，开始有人试图想填满那个坑，月光爸、马澍还有我，都想填满月光心里的大坑，但是这不可能，无论有多少爱堆积给她，都始终是在她建立的铜墙铁板上堆积，在这下面，那个坑依旧存在，永远不会消失。所有人所做的一切都是徒劳的，我很明白，因为我的内心里也有这样的一个坑。无人可以填平它。

爹爹，我叫他：我记得有个作家曾经说过，一个人若是童年不幸，将来获得怎样的弥补都是无济于事的。你同意这句话么？

同意。月光爸不假思索地回答。

尤其是月光，对吧？

她把小时候的事情都告诉过你？

是的。我很诚实地回答，想了想又补充了一句：其实刚开始我也有点怀疑那些故事是不是真的。

你是觉得不可思议吧？怎么会有这样的家庭。他低下了头又说：还有我这样的父亲。

我叹了口气，只好在心里回答他：是的。

月光爸看我不说话，幽幽地看着我说：所以，我现在也是能做多少就做多少，能补偿多少算多少，也没指望月光理解或接受，其实啊——他拉长了声音：也就是让自己心里好受一点。

虽然这话听起来是挺感人的，但是给我的感觉却不是这样，在我看来，反而一直以来，都是月光在照顾她的父亲，虽然她常常，或者说是从来都不给好脸色她父亲，但是月光爸到底为月光做过些什么？补偿了多少？坦白说，我看不出来多少。所以我直勾勾地问他：爹爹，除了逼月光吃中药之外，你还为她做过些什么？能和我说说么？

月光爸没接我的话，反而说：前几天月光在节目里说，她家马路两旁种的一些树，一到季节就会散发出很清甜的香味，整个弄堂都能闻到。我观察了一下，这条街好像没有，大概说的是你家附近吧，你知道是什么植物么？

我愣了一下：你听月光的节目？

月光爸的表情稍微有点得意：我后来出门溜达到你家那条路，回头有机会你告诉月光，那种植物叫做女贞子，而不是有些听众在电话里对她说的什么桂花啊香樟啊，都不是，是女贞子，也是一种中药材的。

听到这里，我还真是有点意外：您从什么时候开始听月光的节目啊？我们怎么一直都不知道啊？

你们俩又不在我这里，你们怎么会知道我在听啊？

您还是没告诉我从什么时候开始听啊，月光好像没给您买收音机啊?

我自己买的啊。我刚来没几天就上街买了个收音机，还挑了最贵的。总要听听我女儿的节目嘛。他脸上得意的表情更浓了。

你知道她在哪个频道?

一个频道一个频道找呗，月光的声音我还是听得出的啊。

我多少有点感动了：你觉得月光的节目好听么?

挺好的。我觉得啊，他又喝了一口茶：月光心里有太多怨恨和不满，大概也找不到适合的地方和适合的人发泄，所以她在电台里有时候骂骂人，也是个情绪的发泄方式，但我也挺担心的，她这样总是教训人家，大半夜听收音机的什么人都有啊，万一招惹个把神经病，我挺担心月光的安全，而且从中医的角度来看，发火是挺伤肝的。

又来了。我心想，他总是三句话不离“从中医的角度看……”

不过啊……月光爸接着说，我还是更喜欢她有时候轻声细语说故事。比如有次她说到童年时候吃爆米花的事情，就很感动，你说我这把岁数了，听得都想掉眼泪。

我这时候可以确信，这个老人家真是每天晚上会雷打不动收听自己女儿的节目。虽然白月光对他总是不理不睬，但是谁能说，这样的一种方式，不是父女俩的相互陪伴呢?

对，我接着他的话：那期节目我也听了。是很感动。您知道吗? 从那天之后啊，每个星期四都有月光的“粉丝”送一份新鲜出炉的爆米花到电台，啧啧，真是够贴心啊。

说完这句话，我看着月光爸脸上的得意里，又添加了许多安慰的成分，和他的皱纹混在一起，完全是一个只有在电影里才会出现的慈父的形象。

电光火石之间我忽然意识到了什么：爹爹，月光每周收到的爆米花都是您送去的？

月光爸只是“嘿嘿”地发出笑声，并不承认也不否认。

这时候我终于意识到一件事，那就是血浓于水的道理。这种细节上的事情，就算是我，也不会想到，更无法坚持一直做。这个老头从什么地方找到卖爆米花的，又每周算准时间送到电台，并且要悄悄的，不让任何人知道和发现……光是想到这些，我竟然有些心酸。

爹爹，我由衷地说：你对月光还是很上心的。

他很快回答我：你不也一样么？

我？我笑了一下：你对她的感情和我对她的感情不一样。

那也是。他也笑了。

你想过以后么？月光爸看我好久都不说话，又问我。

以后？我思索了一下：谁能知道自己的以后，还不都是过一天算一天。

你还这么年轻，就打算这样下去？

爹爹，我很早就知道自己不是传统意义上的正常人，一定会走一条和别人不太一样的路。我早就已经能够接受这个事实了。

哦，他又深深地看了我一眼：我觉得月光也一样，八成不会做个正常人。

她很正常啊。

我说的不是你指的那件事。我也说不清楚，大概我老了，没事就喜欢瞎琢磨，他在椅子里闭上了眼睛：你和月光都有病。

啊？我奇怪：什么病？

他没有睁开眼睛：你们身体里有一部分东西已经残疾了。你们都是残疾人。说完之后他不再理我，过了五分钟，我听到了均匀的鼾声。

后来我想了很久，那次和月光爸的对话。想到他对于我们俩的比喻：残疾人。也想，不知道月光爸会不会把谈话的内容告诉月光。想到这里的时候我还有点紧张，但很快我意识到自己有点多余，月光对她老爸，基本上是爱答不理的，从来不会坐下来听他正经说几句话，而月光爸在他女儿面前，就好像一个考试不及格的小学生对着老师，总是有一种诚惶诚恐的感觉。我甚至尽量避免和月光同时出现在她爸爸面前，因为那种诚惶诚恐，会让我觉得紧张，我都能感觉到她老爸的呼吸急促。

我相信这种感觉不仅只有我一个人有。去年冬至那天，月光生日。她第一次邀请我和马澍一起到她家吃饭。她爸爸包了饺子，据说冬至那天是一定要吃饺子的，这样不会冻坏耳朵。但是月光不肯吃，理由是因为饺子是韭菜馅儿的，她嫌弃那种味道。

月光爸很慌乱：我记得你小时候是吃韭菜饺子的呀?

那是因为我没选择。她当着我们俩的面，看也不看自己面前那盘热气腾腾的饺子。

那么……月光爸踌躇着：我给你出去买点其他馅儿的?

不必了。我不饿。

那总要吃饭啊。马澍接了一句，同时看了看我，大概是让我劝劝月光。

我知道在这个时候，是千万不能开口的，如果所有的人都和月光爸站在同一边的话，那只会让白月光更加不高兴。所以，我装着没看到马澍的暗示，只低下头吃我自己的。

你们吃吧，我真不饿。说着她就站起身来，回到自己的房间，“啪嗒”一声锁上了房间门。

月光爸更加尴尬了，只好拼命招呼我们俩：你们多吃点……趁热吃……大冷天的，我居然看见他额头上全是汗。

马澍看不下去，想站起来去敲月光的房间门，我一把拉住他：我建议你还是别去招惹她，月光就是这种脾气。

和你我要要小姐脾气算了，你看她对她老爸的态度，还不如使唤一个佣人呢，而且老人家容易么？今天又是她的生日。

对，就是因为今天是她的生日，所以她脾气才格外大。我真怀疑马澍到底对月光了解多少。

马澍还想说什么，忽然发现月光又走了出来：马澍，我今天不舒服，等会儿吃完你替我送郁郁回家。我想先睡觉了。说完看都不看她老爸一眼，转身又回了房间。

月光爸的手艺真是不错，那一顿无声的晚饭，我们吃掉了上百个饺子，一个也没剩下。我和马澍都吃撑了，好像都有点想用这样的方式来安慰这个可怜的老头。

从月光家出来，上了马澍的车，我深深地叹了口气，问他：你送了月光什么生日礼物？

他有点不好意思：我是下午才知道今天是月光的生日的。

啊？我有点不敢相信。

过去我一直问她，她从来都不肯告诉我，软硬兼施也套不出来。他一脸沮丧。

你是他的上司啊，你们填什么表格的时候你没看到过她的出生日期么？

没有。马澍发动了车：所有的表格都是月光管理，再送到人事部门，而且我知道她就是不想让我知道，所以我也没有刻意去查。

哦。我想那么大概马澍是不知道月光的身世了。

她很反感过生日么？

我想了一下，很犹豫是不是应该告诉马澍。

他看我不回答，又说：她生日有什么不开心的记忆么？

我试探性地问：月光没有和你说过她小时候的事情么？

说得不多。那年她接她爸爸过来的时候提过几句，只说老家就剩下她爸一个人在，把他接到身边来，方便照顾。

我又叹了口气，看来他确实什么都不知道。

马澍接着自言自语地说：什么方便照顾啊，我今天才算是领教了月光对待她爸爸的态度……他还在发牢骚。

我忍不住了：马总，月光的妈是难产死的。她一出生她爸就坐牢了，她是寄养在姑姑家长大的。我叹了口气：这样的身世三句话就说清楚了，但是月光几十年来到底是怎么熬过来的，我们谁也不知道，所以她的脾气多古怪，我都觉得是正常的。

马澍愣了，仿佛被雷击到一样，脸色都有点变了，很久很久才嘟囔：这么……

什么？

我是说，他清了清嗓子：月光……从来没有和我说过这些……她……这么……

这么什么？我很想知道马澍的反应。

可怜吧……他好像不知道该用什么词来形容。我忽然觉得他对月光的了解才真是少得……可怜。

所以她一直耿耿于怀，不能原谅她爸爸？马澍问我。

我不想告诉他太多，免得被月光知道了惹麻烦抱怨我。于是我回答说：我也不知道，她当初也只是告诉我要接她爸爸来，月光是个大人了，我觉得她自己的事情，还是让她自己决定的好。

马澍也叹了口气：难怪她的性格那么喜怒无常。

我笑了：那你还那么喜欢她？

马澍侧过头来看我：你不也一样？

我的心狂跳了一下，装作镇定地说：这怎么一样？我是她的闺密。

马澍也笑了：对。你们女孩子之间更亲密一些。也许她也不好受，所以从来不把这些事情告诉我。停了一会儿他又问我：那你说我该补送月光什么生日礼物好呢？

这个我不知道，你是她的男朋友，你要自己琢磨。

我还真不知道她喜欢什么，马澍挠了挠头：她好像从来没有什么特别想要的东西。

马总，月光喜欢假期，要不，你送她两个礼拜的大假吧。我开起了他的玩笑。没想到马澍居然很认真地思考起来：也对啊，她喜欢旅行的。

你想陪她出去玩？我忽然觉得自己的建议真是糟糕透了。

年底了，我哪里走得开啊。马澍又沮丧起来。不过……他看了看我：要是月光喜欢，我真的可以批她两个星期假，你陪她出去玩玩，费用我全部包了，怎么样？

我的心又一次狂跳起来：你说真的啊？

真的啊。马澍把车停在我家楼下：她就你这么一个好朋友，而且她确实也很久没放假了，为了弥补这几年我一直忽略月光生日的过错，我想给她点惊喜。

呃……我一时之间不知道该不该答应。

月光喜欢看海，不如你们去南方，如何？马澍的口气兴奋起来：你先不要告诉她，我来安排好一切，让她开心一下。

我没有说话，当然了，我也很想和月光一起出去旅行，这种好事情，过去我一直想过，但始终没有机会。

想了一会儿，我说：好吧，我来试探问问看她对什么地方感兴趣。

好，那就这么说定了！马澍搓了搓手，似乎很得意自己的主意。

那我走了，说着我推开了车门，马总再见。

拜拜。

看着他的车消失在夜色中，我忽然觉得，所有关怀着月光的人都很可怜，我、马澍、月光爸，也许还有别人。

刚到家，电话响了，是月光：你到家了？

对啊，刚到。

那么出来吧。

啊？

我就在你楼下，出来喝一杯去。

你不是不舒服么？我完全不知道白月光想干吗。

今天是我生日，你出来不出来吧？

来了来了来了。我一迭声地回答。刚脱掉的一只鞋再慌忙穿回去。匆匆奔下楼，果然，月光在一辆绿色的出租车里冲我挥手：上来吧。

你怎么回事啊？……尽管我对月光经常突发奇想的举动已经习以为常，但是她今天也有点太反常了。

我也不知道。月光很老实地看着我：本来我真的是想好好过个生日的，和你们一起吃顿饭，但是不知道为什么，我一看到我爸端上来的饺子，一闻到那个味道，就好像……她说不下去了。

我明白……我按住月光有些冰冷的手：就仿佛看到童年再现。

对。她好像很欣慰我能够理解她。

到了酒吧坐下，我把刚才在车上和马澍的对话向月光和盘托出。她开始不出声，然后眼睛越睁越大，等我全部解释完之后，月光居然大笑起来。

你笑什么啊？我对她的反应很不理解。

你没告诉他更多吧？

没有啊，就说了那几句。没你的允许，我怎么敢乱说话？就这样我都很怕你不高兴呢。我说的是实话。

月光点起了一根烟：我没怪你的意思。我只是觉得马澍挺有意思的，亏他想得出这样的礼物来。

怎么，你不想要这个假期？我有点失望。

谁说不想要？白给干吗不要？而且还有人负担咱俩的全部费用，干吗不去啊？去！月光笑得更欢了，看样子是真的挺高兴的。

我也很高兴：你想去哪里？然后又补充了一句：他妈的我真是个叛徒，哈哈。

月光哈哈大笑：你说，你想去哪里？这个建议还是你给马澍提出来的呢。你有一半的功劳啊，哈哈……

我……想了一下：我还没看过海呢，要不我们去海南？我记得你说过喜欢潜水的。

海南？月光皱了一下眉头：海南我去过了。

那怕什么，再去一次啊，那里是中国最好看的海啊。

不。她斩钉截铁地回答：不去海南。

那……我已经对月光说变脸就变脸的举动习以为常了，我知道她说不去就一定不会去，而且一定有她不肯去的理由，同时她若是不想说，千万不要问为什么。

那……我又想了想：厦门？

她歪了歪头：好，就厦门。据说厦门很干净。

我看她答应了，松了口气：女诗人舒婷的故乡呢。

你这个文艺青年，真要命。说着月光丢过来一粒爆米花砸在我身上。

隔了一天我就给马澍打了电话，告诉她月光想去厦门。他想也不想就说：我马上帮你们安排机票和酒店。厦门是好地方，据说马路干净得能拿舌头舔。

我听到这样的比喻，在电话这端哈哈大笑起来：马总，您的比喻真让人吃惊。

什么啊，这是原来月光告诉我的。

好吧，那就拜托你安排了。说着我挂了电话。

看来，月光之前并不是对厦门一无所知，或者是之前有人告诉过月光，厦门是一个怎样的地方。那个人会是谁呢？大概是那个神秘的严嘉宁吧？我想，月光也许是和他曾经去过海南，所以才特别抗拒故地重游，而厦门，也许他们俩还没来得及去就分开了。对，海南和厦门，离广州都不是很远。那个广州的严嘉宁，究竟是个什么样的男人？他对月光到底造成过什么样的影响？究竟留给白月光多少记忆……这真是我太想知道的谜题。

圣诞节。我和月光踏上了飞往厦门的航班。马澍为我们订好了可以看见海景的豪华酒店。他还给月光买了一件漂亮的游泳衣。在酒店里，月光从箱子里抖出来给我看：桃红色，他的品位真不怎么样。

月光，马澍对你，很不错了。

对。她笑了：看在这两个星期豪华游的分儿上，我就不刻薄他了。现在我要做的第一件事，就是他妈的好好睡上一觉。说着月光倒在床上，连牛仔裤都不脱。

好吧，我看看她：我也睡。

那一觉一直睡到天都黑了。醒来之后我和月光换了衣服，跑到不远的大排档去吃海鲜。然后两个人在二十六摄氏度的气温中悠闲地沿着马路边散步，右手边就是一望无际看不清楚的大海。

下去走走？月光提出建议。

我点点头。尽管我很想说：可以白天再来啊，但是她的兴致看上去很好，我从来不做扫她兴的事。这是我的原则。

虽然已经是晚上了，但是海边依然有很多人在散步，马路边隔一段距离就有各种各样的雕塑。这个城市果然建设得很漂亮。

月光走进沙滩，停下步子开始凝视大海。目光很温柔，似乎对着心上人一般。天边还有白月亮，照着地下白月光的影子，她就那么一直抱着肩站着，一言不发。我明白，这个时候的月光不希望任何人的打扰。于是我就在她不远的地方溜达，我也在想自己的心事，那依然是：月光这时候到底在想什么呢？

忽然间，我听到月光大喊起来，她双手捂在嘴边做喇叭状，大嚷着自己的名字：白月光——白——月——光……

你干吗啊？我飞奔过来。

不干吗啊，她回头看我，笑盈盈的。

那喊什么啊？

就是想喊啊，你试试，她对我说：对着大海喊自己的名字，很过瘾的。

我喊不出口。

有什么喊不出口的啊，说着她又叫起来：陈郁郁——陈——郁——郁——

我急了，也学着她的样子：白月光——白——月——光——

陈——郁——郁——

白——月——光——

路人已经对我们投来奇怪的目光，但我俩也不理，大笑起来。

月光又接着喊：白月光——你要加油啊——你要——加——油——啊——

我没有再阻止她，就站在一边静静看着她用这样的方式给自己打气。虽然我不明白，她为什么要给自己加油，她对自己有什么不满意，但是我知道，月光做出所有的举动都有她自己的原因和道理，只不过不会告诉别人罢了。

那天晚上回到酒店，趁着月光洗澡的时候，我又做了一件事，悄悄地翻看了她的手机。因为在海边的时候，我看见她掏出手机低着头玩了好久，似乎是在给什么人发信息。

果然，我在手机的草稿箱里看到一条晚上存储的短信，没有收件人，内容是：我在厦门，海边。离你不算太远。海风很舒服，月光皎洁，一切都很完美，唯独缺少你。我拒绝你带我来玩的地方，今天我独自看到了这里的风景。

看完之后，我迅速把手机放回到原处，钻回到被子里。果然，和我料想的一样，厦门，是月光和心爱的人之间许过的一个承诺，没有实现的承诺。扯淡的干净得能拿舌头舔的厦门。

接下来的几天，我们俩都睡到快中午才起床。月光不肯出去吃饭，就叫酒店的餐厅送到房间里，然后她连牙都不刷就边吃边看电视。中途马澍打过电话来问，对她关在酒店里看电视的举动很不理解。月光冲着电话没好气地说：既然是放假，就怎么舒服怎么来嘛，谁说出来旅行一定要到处跑？说话的时候眼睛都不离开电视，或者是嚼着满口的东西。

我都能猜想到电话那端马澍的无可奈何。爱上月光，真是一件非常有趣又极其危险刺激的事情。我不知道马澍是不是这样觉得。

一直到第二个星期，我们才开始到市区里去活动。坐在厦门市中心的露天咖啡座里喝东西，一人捧一本书消磨掉整个下午。傍晚的时候坐上环市的旅游巴士，一直沿着海景看，白天可以更清晰仔细看见那些雕塑，车上的广播里介绍说，因为这里是世界马拉松比赛的起点，所以可以看到许多人物造型的雕像。

我看到那些奔跑的人群，很有生命力的样子。看厦门博物馆的时候月光就和我说过，这个小岛上的人，生命力极其旺盛，所以才把这个城市建设得格外美丽。“城在海上，海在城中”，这是她用来形容厦门的。

傍晚我们就会经过热闹繁华的街市，万家灯火的通明里，月光一直坐在车尾靠窗的位置欣赏风景，她的话很少，但嘴角始终带着微笑。那是一种会让旁人觉得她是一个自由自在的人的微笑。因为忽略别人的存在和周围的纷乱嘈杂，所以月光看上去格外安详，我想她此刻的内心大概是自得其乐的。

我们还去了厦门大学，据说这是中国最美丽的大学。风景确实很好。有的宿舍楼可以看到海景，不知道这些学生在这样的环境里读书，会不会多出许多诗情画意？校园里到处都是纪念馆、造型别致的雕塑。马路两旁都是热带地区特有的植物，我知道这个城市的市树有个很美丽的名字叫做凤凰树，但是一直没找见。一种三片花瓣的植物倒是很多，红色白色都有。月光说，那是三角梅，是厦门的市花。

从厦门大学出来，天已经快黑了。月光在学校门口的指示牌上看了一会儿，然后对我说：从这个门出去，右手边，就是著名的南普陀寺，我们去看看。

啊？我吃了一惊：寺庙这么晚早关门了啊。

她不理我，继续朝前走。我只好跟在她后面。果然，从校门口出去只有几百米，就看到南普陀的寺庙门。不出意外，那道红色的大门是紧紧关闭的。

走吧，人家关门了，你想来，白天再说啊。我劝月光：说实话，我有点饿了。

她不理我，趴在门缝上往里面看。我不知道她到底想寻找什么。

正在这个时候，那扇门突然开了。我吓了一跳，往后退了一步。里面出来的，是一个僧人。月光好像没什么反应，仿佛她知道那扇门会打开一样。

你们有事么？那个僧人问。

阿弥陀佛。月光居然双手合十回了一句。

对方也做了同样的动作回应她。

师傅，我听到月光说：我是从外地来的佛门弟子，明天就要走了，想进去上炷香。麻烦您通融一下。说着她从背包里掏出一个红本本，递给那个僧人：这是我的皈依证。

对方接过来看了看，还给了月光，又看了看站在她身后的我，居然说：进去吧，不过快一点，已经不早了。

月光又双手合十说了声：谢谢师傅，阿弥陀佛。回头对着目瞪口呆的我说：走啊。

我做不出任何反应，跟着她进了寺庙。南普陀寺正在装修，大雄宝殿已经被围起来了，两边的走廊里依旧能看到金碧辉煌的罗汉像。白月光走到大悲殿门口，跟着我们的那个僧人，递给她三炷香，她跪在殿外的垫子上，许久都没有站起来，回过身的时候我发现，白月光的脸上全是泪水。这是我认识月光这么多年，第一次亲眼看见她流泪。我说过，在我认识月光所有的记忆里，她只在我面前流过两次泪，以及几年前她在广州给我打电话时候的号啕大哭。

过去我一直觉得这个世界上的很多事情都是要很孤独才能完成的，比如我的写作，永远是需要自己坐下来，独立完成键盘上的舞蹈。即使真的写出来，也很难遇到真正有缘分的人读懂那些内心的感受。而现在才发现，旅行也是一件同样孤独的事情，至少对于现在的我来说，看到这样的月光，我完全不知道该怎么应对。我想我对月光的了解还是太少太少，我甚至不知道，她在三年前，就已经皈依佛门，是在家修行的俗家弟子。她从来也没有告诉我过。她居然还有法号。

这有什么好惊讶的？回去的路上，月光对我的态度表示不能理解。

月光，你是不是觉得自己总是在受苦，所以才皈依的啊？

奇怪。白月光从鼻子里发出这两个字，完全是鄙视的：我自己觉得很好的状态，为什么别人会觉得我是在受苦？连你也觉得是？

呃……我看她有点不高兴了，只好顺着她继续说：是啊，很多人总是自以为是，好为人师的，看来连我也不理外。

月光附和：对，这些人不断地修剪你，打破你，试图改变你。就好像你总是试图改变我一样。

她的最后一句话才真正让我心惊胆战起来：我没有啊，我只是觉得有点奇怪嘛，你从来也没有说过啊。我嘟囔着。

郁郁，你不会要求我做什么事情之前都一定要向你汇报吧？月光看着我，眼睛里又泛起慑人的光。

我不是那个意思……我想了想又说：只是真的很意外，而且，我确实没想到。

这有什么好说的。压根就没有人知道。我没和任何人说起过。这是我个人的信仰罢了。

好吧，我尊重你的信仰。我是真的不知道还能说什么了。我又想起自己小说里的结尾，忽然感到一种前所未有的害怕，我决定回去之后一定改掉那个女孩子的下场，我不能允许自己把构思中的“月光”真的想象进佛门，我不能这么干……虽然我知道这很可笑，知道月光皈依，仅仅是一个巧得不能再巧的巧合罢了。这和我的小说根本就是两码事，但是……我闭上了眼睛，无法再说服自己了。

你想什么呢？还没回过神来？月光问。

有一点，我确实被你吓得不轻，你老是这样，我待在你身边，早晚得心脏病。我抱怨。

哈哈，她笑了：明天我们去鼓浪屿。给你压压惊。

离开厦门的前两天，我和月光终于去了著名的鼓浪屿。那座小岛，我对它一无所知，只是天确实很蓝，没有车马的喧闹声，巷子口有人家卖的鱼丸很美味。月光上了岛的第一件事就是买了一张地图，然后拉着我绕开喧闹的人群，拐到僻静的巷弄里，隐隐约约我能听到琴声。后来她又带我转入了一条上山的小路，然后她就又站在那些破败的院落前发愣，直到这时候我也开始神思恍惚起来，那些殖民地时期留下的老房子，风琴博物馆，的确会让人沉醉。只可惜，我是一个对音乐一窍不通的人，一个小小的岛上有五百多架钢琴，我唯一的感觉是：真够奢侈的。

月光不理我，拿着相机拍照。她就是这样，走到陌生的地方，就变得很专注。一直拉着当地人问这问那。她没有在岛上买任何的纪念品，只是临走的时候，她在一个报亭里买下了一本书：《迷失。鼓浪屿》。蓝色的封面上还有一句话：时间是用来浪费的……

离开厦门的最后一个晚上，我又和月光坐上了环市的旅行巴士。这已经是第三次了。她好像特别喜欢坐在这样的双层巴士里看外面的风景。她戴着耳机听音乐，从头到尾一言不发。说实话，在这两个星期里，很多的时候月光都是沉默的，一种故意刻意的沉默，用看电视看书看风景拍照片听音乐来表达沉默。有时候我们俩过去一天说的话加起来都比这两个星期多。

我不明白是什么地方出了问题。或者说，这是我第一次和她单独出来旅行，也许旅行中的她就是这个样子的。我知道她过去总是习惯一个人出来玩，所以大概一时间不适应身边还有一个人，对，给我的感觉就是：她经常忘记身后还跟着一个我。

下车了，还要步行一段路才能回酒店。月光和我并肩走着，问：好玩么厦门?

不错。我说的是实话。虽然这趟旅行并不如我想象中那么完美。我以为，月光会和我聊天，告诉我更多有意思的关于她的故事，或者其他一些什么。但是没有。当然，我也已经心满意足了。

我觉得你啊，没事就应该多出来走走，老关在房子里，写东西没有灵感的。

我知道，你的人生格言就是“读万卷书行万里路”。

嗯，没错，还要听一万个故事。哈哈。她笑得有点无奈。

我想她大概是想起了那个热线的工作，每天晚上稀奇古怪的故事，确实有点烦人。

我觉得，其实我可以从你的热线里找找素材，一定也能写出很多有意思的东西，何必非要出门呢……

哼，她冷笑了一声：你从我身上找的灵感还不够么，还要在我的节目里找?

啊? 我愣了一下，一时间没反应过来她说什么。

她回头笑眯眯地看着我说：还要我再多给你提供点素材么? 说完转过头，加快了脚步。

我没有追上去，慢慢跟在她后面走。这时候我才意识到，月光真的是知道我在写她，在观察她，在异样地恋着她。

而等我们都明白了对方其实知道之后，我们俩之间就出现了一条横沟，巨大的，永远也不能挽救的。

第二天我们就踏上了归程，月光再也没有说起类似昨天晚上的话，也没有做其他任何解释。飞机刚起飞，她就从包里掏出一张面膜，贴在脸上，把座椅的位置调整到最靠后，依旧戴着耳机，不再和我说话。从我们身边经过的其他旅客，都忍不住看一眼这个在飞机上做面膜的女人。

我一点也不觉得好笑。我忽然觉得，这实在是一次糟糕的旅行。但是我没有想到，这其实，是我第一次，也是最后一次和月光单独的旅行。如果，如果这个世界上真的有如果的话，我一定会把这两个星期，当成生命中最重要的日子去度过。

FOUR

嘉宁：

你好么？

前段时间我一个人出去旅行。去山西。一个到处都是黄沙和煤矿的地方。去大同、太原、平遥，独自一个人爬五台山。很冷。五台山是佛教名山，文殊菩萨的道场。我有没有忘记告诉你，我已经皈依三宝，是佛祖在家修行的弟子了。为什么这么做，其实我自己也不太清楚，我没有什么太多的愿望想实现，但是我胆小懦弱，内心里充满对未知的恐惧，看到一切都会觉得恐惧。所以也许我皈依佛门，是想求佛祖恩赐给我一些勇气，不用太多，一点点就够了。可是讽刺的是，我在外人眼里，却又是那么坚强和独立，你可以理解这种感受么？

嘉宁，我的心里住了一个神。隔三差五我会和神对话。把我心里想不明白的事情告诉神。神总是不回答我。神双手插在口袋里，无论多冷都穿得很单薄。神只静静地看着我。一言不发。看碎了我所有的忧伤。每天晚上出门之后第一件事，就是抬头寻找天上的星星，即使是阴天也不忘记抬头仔细找一找，我觉得那些星星很像神的眼睛。

我走在街上，总是觉得身后有车马上会把我撞死；在饭馆里吃饭，看着服务员端上来的菜，总觉得里面似乎是下了毒；到单位上班，看到几个同事在小声说话，总觉得他们好像是在议论我；有时候买东西，对方的态度稍微有点不耐烦，我就会暴怒起来，甚至有一次，揪着一个售货员的领口大骂，整个商场的人都围过来看，竟然还有人用手机拍照……我已经丝毫不顾忌自己的形象，和一个骂街的泼妇没有任何的区别。

我去医院，总是不停做全身检查，总怀疑自己好像得了什么绝症就要死掉。但是永远，那些报告单上都说我很正常，正常得不能再正常。

最后，我只好去精神科检查。这才终于查到问题。医生说，我患上了一种叫做“激越型”的抑郁症，还伴随着一些躁狂症。他们给我做很多测试，甚至包括智商的检测，真是滑稽。让我在纸上随便画一些自己想到的图案，用来分析我的心理状况。还拿了一些图片，全是黑糊糊的鬼符一样的东西，让我判断那些玩意儿像什么东西……我不认为这些所谓的治疗可以帮助到我。但是我都照着做了。

还有那些无穷无尽的选择题。甚至有一道题是反复问：你的性生活是否和谐？嘉宁，我是否应该为自己去买一个自慰器呢？

医生给我开了很多药。有的对我有很明显的副作用，呕吐、眩晕，伴随着更加明显的失眠。使得我愈发焦虑，于是我又要吃那些帮助睡眠的药物，可是这些药物的副作用就是加重抑郁症，于是我就进入了一个极端奇怪的恶性循环，我很奇怪：这算是给我治病么？

还有，我到底是什么时候开始患上这种奇怪的病的呢？现在回想起来，大学时代的种种古怪行为，以及看什么都是灰色的心态，也许从那个时候开始，所谓抑郁症的种子就已经在我的心里生根发芽了。记得一个同学曾经说，只想在大学里学到自由而无用的灵魂。当时觉得他讲得多好啊。哈哈，现在想起来，这么傲然的话，做起来自然是非常艰难的。其实关于自由，本应该是生来就有的，但是我却仿佛需要用一辈子去找，所以也活该我注定要孤独。

所以我选择走在路上。尤其是冬天，寒冷的时候上路，就会稍微温暖一点，哪怕是一个人。我看了很多很多佛寺，佛像以及壁画雕塑。还有那些千年的古树。默默长在院子里，这些植物该知道人间多少的悲欢离合，谁又知道呢？我的悲欢离合，又要去说给谁听呢？

我吃不下东西，拼命抽烟。每天刷牙的时候，牙刷上全是血。后来我到医院去洗牙，“吱吱”的声音很难听，我强忍着，但是还是控制不住要流泪。医生说这是正常反应。

是么？我以为自己是一个不会再哭的人。就算当初那样狠心决绝地离开你，我也没有掉过一滴泪。我想我的眼泪，生下来就比别人少。

嘉宁，嘉宁，嘉宁……

月光

好像所有的人都不约而同在这个时候感觉到，
月光是一个很危险的动物，
不知道会在什么时候张口咬人。
但是，
只有我不怕。
是的，
我不怕。
我要陪着她，
走过这也许是最艰难的一段路。

E

白月光只在医院住了三天两夜，但是已然成为楼层里最古怪的病人。白天打点滴的时候，她就戴着个蓝色的眼罩睡觉，耳朵里还插着耳机，药水打完了她也不管，每次都是一段时间之后护士自己发现了来给她换。她也不和任何人说话，医生问她话，她的回答也简单到仿佛多说一个字就会死一样：“好、行、嗯、对、是。”

到了晚上，隔壁床铺的人睡觉了，整个医院都变得很安静的时候，白月光就会悄悄起身下床，跑到无人的走廊或者楼梯通道里坐下，一根接着一根抽烟。

第二个晚上，月光抽完烟回到病床上，忽然发现枕头上多出一封信来，她很惊讶，条件反射似的看了看周围，当然是没有任何痕迹的。隔壁的病人也早已经睡觉了。她小心翼翼地打开那封信，竟然是一个护士写来的：

“月光，你好。我不知道这样的方式对你是不是一种打扰。很抱歉，我认出了你，但是我不敢上前和你搭话，因为看上去你似乎很需要一个人安静地休息。所以我也只好用这样的方式和你说说话，其实，有时候我觉得，是我自己的问题，是我非要让你知道一些也许你并不想知道的事情。

“月光，我经常上夜班，你的节目是我唯一的陪伴。我从中专时候就开始听，一直到今年我已经开始工作了，我想我在你的节目里渐渐长大了。其实你一直没有留意到我，更不会发现我在默默地观察你。本来我想为你多做一点什么，因为你看上去是那么孤独。我奢望自己能给你微薄的一点爱护，因为你在节目里，给过很多人爱，虽然有时候你说出来的话，听上不并不是那样，但是我想总是有一部分人会懂得的。我自以为我也是其中的一个。但是，我们给你的爱远不及你给予我们的多，甚至那些不多的爱可能都是一份压力，已经在慢慢剥夺你的生命。所以我什么也没有做，只是写了这样一封信，让你知道罢了。如果换位思考一下，我会恨自己，那不是爱，而是武器。

“月光，我不知道你发生了什么事，会伤成这样。不仅仅是你身体上的伤。我这两天看见的你，总让我觉得，大概你会在某一个时刻忽然离开我们，如果真的是那样，我想你一定是挣扎了很久才做出的决定，没有人能切身体会到，你比我们任何人都痛苦。我也弄不明白自己为什么要和你说这些，大概是因为我觉得孤独吧。

“月光，写这些话，在我看来，是一种和你预支的告别。我甚至对自己说，这不是分离，是重新开始，对你对我对很多人都是这样，为下一次的相聚，你需要离开，需要和我们分手，然后开始行动，重新再活一次。

“无论我的猜测是否正确，或者是否打扰到你，我都要向你说声：对不起。还有，月光姐，未来你无论做什么事，去哪里，请永远记得，有那么一些人在一个你看不见的地方不离不弃和你在一起。我们一起，陪伴着孤独的人生……”

落款是：你的一双忠实耳朵。

白月光仔细看了这封信，又看了一遍。然后把信装在口袋里，重新回到了走廊的角落，又点了一根烟。她知道自己永远也不会知道这封信是谁写来的，就如同她不知道这么多年自己究竟被多少人听到过一样。

只是在这样的时候，月光忽然想起，她曾经有一次在节目里发神经，说过自己想要离开，不想再做节目了。结果那个晚上的热线，打来电话的全部是挽留她的人。其实月光本来就是发泄一些情绪的，但是大家越是挽留她，反而更加坚定了她想要真的离开这个节目的决心。一直到时间快到了，她接起了最后一路热线电话，是一个说什么也不肯留下姓名的出租车司机：月光，我的名字不重要，既然你决心要走，我们也都留不住你。我只是这个城市最普通的一个小人物，常年开夜班车，所以听你的节目。我也不太会说话，这么多年一直是你的节目和声音陪伴我，现在你说要走，因为我们不舍得，所以也不对你说再见了，按一按喇叭对你表示致敬吧……

接着，白月光通过自己的耳机，听到了巨大的，明显不止一辆出租车的喇叭声，一直持续了超过十秒钟，一直持续到节目时间结束……而白月光又一次违反播出常规地没有播出整点时间，把电脑按钮调整回自己的话筒：几乎是每一天，我都会在节目里听到别人对我说“谢谢”，我一直认为那仅仅是一种礼貌而已。但是只有这一次，这个司机的感谢，让我感受到原来自己这些年并没有白白熬夜说话、没有选择错误这样一份工作。刚刚响起的喇叭声，太让我震撼了。说实话，能让我月光震撼的事情并不多，我很感动也很自豪骄傲，那些喇叭声，代表了这座城市对我的肯定。

最后，月光有些哽咽地说：谢谢你们。我决定留下，不走了。明天见。

月光回想起这一段事，再翻出口袋里的信件，才第一次终于明白：这个世界上，如她一般孤独的灵魂，实在是太多了。几乎是每个人的内心都有一份深藏的孤独。任何人也无法避免，任何其他人也无法触及。

第三天，给白月光拆线的是一个这几天都没出现过的年轻的医生，戴着眼镜和口罩，满脸不耐烦的表情。白月光的脸上也看不出有任何的喜怒哀乐，眼睛死死盯着医生的手，看着他一层一层揭下手上的纱布。然后，小医生就愣了，从镜片后面看了看这个面无表情的女孩子，又看了看她的手，还是忍不住问：你干什么了？怎么把手弄成这样？月光扯了扯嘴角：不小心呗。医生摇摇头，转身去拿消毒的酒精棉球：看上去不像是不小心。她没接话，低头看看手表：你能快点么？我还有事。医生更不耐烦：你这手要是残废了看你还着急不？

她刚想发作，听到一阵急促的脚步声，不用回头也知道是谁，白月光疲倦地闭了一下眼睛。再睁开的时候，果然就看到马澍站在她面前：不是说好了住院我不来，但是拆线的时候我陪你来的嘛，怎么一个人跑来了？

白月光没说话，看了看医生，又催：好了吗？

医生看看白月光，又看看马澍，把桌上的一张处方撕下来：回去吃药，三天以后再来换纱布。

还没等白月光开口，站在一旁的马澍一把抢过医生手里的单子：月光，我去交费啊。

白月光头都没有抬：医生，你把纱布一起开给我，我自己回家换，行么？

听到这话，已经走到了门口的马澍又站住了。回头看着月光，一脸迷惑，他完全不知道她的小脑袋里到底装了些什么东西。

医生又看看月光，再看看马澍：好吧。说完低头又写了一张单子递过来：把这个一起交了然后拿药去吧。

白月光站起来，没有道谢。然后走到站在门口的马澍身边，一把把他手里的单子抢下来，头也不回走出了门。

马澍跟在她后面：月光，你到底要我怎么样啊？

要你别跟着我。

月光，你听我解释。

马老师，月光举起胳膊：看在我都伤成这样的分儿上，你能行行好，放过我么？

月光，我知道你心里有气，但是你也不要惩罚自己。你这样，我会更加难过的。如果你是为了折磨我，尽管冲着我本人来好了，不要和自己过不去。

笑话！白月光的声音突然大了起来，医院走廊里有人回头看着这一对男女。

马老师，我看你还是请回吧，我自己会照顾自己。只要从现在开始，你肯离我远一点，就算你对我白月光最大的恩典了。

月光，你要我说多少次你才相信，我真的不是有意欺骗你的。

对，你不是欺骗，你是隐瞒真相。你觉得欺骗和隐瞒是两回事。但是我告诉你，在我这里，都一样，都他妈的是混蛋行为。

月光，马澍看了看四周，拦在白月光面前不肯走：好吧，我承认这件事是我的错，不管他妈的欺骗和隐瞒到底是啥关系，反正是我错了。我诚心诚意地向你道歉，恳请你的原谅，无论你要怎么惩罚我都可以，但是请你原谅我。

月光看着眼前这个男人：为什么你一开始不告诉我？为什么？

月光，那都是过去的事情了。说来有什么意义呢？

你难道不觉得，你既然有意追求我，和我在一起，不是应该让我多一点了解你么？这么大的事情，你居然从头到尾都没有对我说过？如果你一开始告诉我，我也不会怪你，但至少让我有个心理准备，但是你等我自己发现真相，就晚了。

马澍也急了：你接受过我的追求么？你真的曾经打算和我在一起过么？你给过我机会和时间让自己了解我么？况且，我到底干了什么啊，我干了什么啊我！马澍的声音也高起来：我不过就是离过一次婚罢了。这不是犯罪吧？

月光笑了：对，离婚不是什么大错误，离婚是小事。不过那是你觉得，我不这么看，我最讨厌离过婚的男人。在我看来，离婚的就是坏男人，好男人谁离婚？

月光，马澍摇摇头：我看不出来原来你的骨子里这么陈旧腐朽，你的思想比一个老太太还可怕。这年头有多少人离婚啊？而且离婚的就一定是坏人啊？难道你不知道就算是两个好人也未必可以做夫妻的么？婚姻是讲究缘分的你懂不懂？

好了好了……白月光推开挡在她面前的马澍：我不懂，我也不想懂，我就是这种思想，我知道自己过时迂腐，但这是我的事，你管不着。反正，我讨厌离过婚的男人，而你离过婚，所以，我也讨厌你，行了吧？

月光，马澍拉住她：再给我一次机会。

不可能。

月光，你听我说。再给我一次机会，你不一定将来非要选择和我在一起，但至少请你不要因为这件事情而憎恨我。就算你现在讨厌我，我也认了。请你不要躲避我，给我也是给你自己一点时间，我想你知道，离过婚的人不是瘟疫携带者，离婚了的人一样有再次追求幸福的权利。

白月光听到这样文艺腔十足的话，忽然笑了：马老师，您就打算在自己前妻的眼皮底下追求新生活么？

马澍听到这句话，愣了：你怎么知道？

月光的目光里充满了同情和忍耐：你说咱们电台的人，谁没长嘴呢？谁没长一张能说会道的嘴呢？谁没长一张能把别人的私事说得绘声绘色的嘴呢？

你你你……马澍有点结巴了：你听谁说的？

听谁说的重要么？马老师，你难道真的认为我觉得你离婚这件事对于我是最大的欺骗么？

那……

他的话还没说完就被月光抢过去了：你不告诉我你离过婚就算了，你起码让我知道，在我隔壁办公室的财务主管就是你的前妻好不好？我还要在电台混饭吃呢，你这简直就是他妈的把我当猴子耍！

马澍沉默了。白月光叹了口气，终于夺回他手里的医药单，头也不回地走了。而其实在内心深处，她很希望这个时候，马澍会继续跟上来，不再解释什么，就是站在她身后。她在心里想，如果他会这么做的话，那么自己马上就原谅他。

但是没有，身后跟着长长的排队交钱取药的人。而白月光愣在窗口，一直到里面的人很不耐烦地对她吼叫起来，她才把单子递进去。

就是在这样的时候，她想起了严嘉宁。不，准确地说，白月光就是在这样的一个瞬间，忽然很想去广州，看一看这个几乎用尽了她一生感情的男人。就是突然很想实实在在触摸到他的脸，闻到他熟悉的气味。然后呢？她想：然后再离开他。

等她交了钱，拿完药从医院出来，在大门口从包里掏出一根烟，刚点上抽了一口，就发现马澍站在离自己只有不到五米的地方，就那么站着，没有走近的意思。白月光也没有迎上去，就继续抽她的烟，两个人就隔着医院门口穿梭不息的人群互相看着。可是白月光的眼睛里是没有感情的，而马澍却不同，他是真心喜欢这个女孩子的，从第一眼见到她开始。她来应聘，带着心不在焉的眼神，没有一丝笑容，甚至连那种新人面对领导时候的应酬笑容也没有，更看不出丝毫的紧张，满脸都写着三个字：无所谓。仿佛她才是主考官一般。马澍就是被她这种独特的神情和气质吸引住了，所以他录取了她，并且他刻意栽培她，给她最好的时间段做节目，一心一意要把她培养成才。而白月光也真的很争气，短短几年时间，她已经从一个小实习生成为全市人人皆知的电台当红女主播。但是，她又是那样冷酷不接受马澍的感情。这在马澍眼里，几乎快要成为一种利用了。

直到今天，白月光因为知道马澍隐瞒了他曾经的婚史而大发雷霆，马澍才看到了隐约的希望。如果一个人对另外一个人丝毫没有感觉，那么对方做什么事情，大概也是无法激怒她的。正是因为她觉得委屈，受到了伤害，所以她才会发那么大的脾气，于是马澍觉得，白月光已经在心里逐渐开始接受自己。

白月光抽完手里的烟，走到医院门口的垃圾桶，掐灭了烟头丢进去，然后走近马澍，没有看他，而是直接坐进了他车里的副驾驶位置。

马澍连忙也坐进车里：月光，你原谅我了么？

没有。

那？马澍不知道该怎么继续发问了。想了想他又说：那你打算什么时候考虑原谅我？

我想静一静，休个假。等我想好了再回答你，成么？

可以可以可以。马澍头点得像捣蒜一样：你要休多久，去哪里？要我陪么？

我说了要静静，当然是我一个人。两个星期吧。至于去哪里，你就别问了，你给我签休假报告就行。

好，就这么定了。马澍发动了车。同时深深吸了一口气，他不知道从哪里来的预感，月光一定会接受自己的。

但是就在当天晚上，马澍还没有来得及签署白月光的休假报告的时候，发生了另外一件事。一场荒唐而又可笑的闹剧。谁也不知道，经历过这样一场风波之后才休假的白月光，究竟是带着怎样的心情离开的。

凌晨一点，白月光下了节目，刚刚走出电台大院，从黑暗中冒出一个人影叫住了她：月光。

白月光愣了一下，很轻微的。因为她已经很习惯常常下了节目之后，有忠实的粉丝听众等在电台门口想要见上她一面，一般是要求个签名，或者拍张照片什么的。所以她很自然地问了一声：谁啊？

果然，那个从黑暗中走出的人说：我是你的听众。

哦，你好。白月光很礼貌。同时打量了一下对方，是一个大约四十来岁的中年女人，留着短发，眼睛很大，穿得很单薄，甚至有些瑟瑟发抖，不知道是因为紧张，还是等的时间太长了。

对方看月光回应了她，于是大胆了起来，上前走近月光：我在这里等了你好几个小时了。

哦，谢谢你啊。月光很客气地问：找我有事么？

嗯，有点事。同时她看了看周围：不过在这里说不太方便，我们能换个地方么？

月光皱了一下眉头：现在都一点多了，你有什么要紧的事情？

一句两句说不清楚，要不我们换个地方说吧？对方还是很坚持。

白月光开始警惕了，她回头看了一眼电台门口的保安室，发现里面还亮着灯，同时注意到这个女人手里什么东西也没有拿，但她还是条件反射性地后退了一小步：你就简单点，还是在这里说吧。

那女人看出白月光的坚持，咧了咧嘴，挤出了一个她认为温和的笑容：月光啊，我听你的节目好长时间了，我特别喜欢你的节目。

这我知道，白月光打断她：不喜欢我节目的话，你大冷天上这里等我干吗？你就直接说，你找我什么事吧？

是这样的。这个女人低下了头，看着自己鞋尖上的一坨泥垢：我有个堂弟，工作啊长相啊人品啊都挺不错的，但是一直没找到合适的对象，所以……

等等……白月光又一次如在节目里打断听众一样制止了这个女人的话：你误会了啊，我的节目不是征婚节目，你找错人了。

不是的，你听我说完嘛……对方比她更着急：我是想说，我这个堂弟，真的不错。我看着他长大的，所以我特别想给他找个好姑娘。而我啊，实在是觉得你真是个好姑娘。你看你多不容易啊，做这么晚的节目，帮助那么多人，我觉得你也应该有个好归宿，所以……

这个时候，月光明白了眼前这个大婶的意思：你要给我相亲？把你堂弟介绍给我？白月光盯着这个女人，已经想笑了。

是啊。对方似乎很欣慰白月光的聪明伶俐，一下子就明白了自己的意图。

嗨……白月光深深叹了口气：大姐，您贵姓？

我姓王。

王大姐，我谢谢您的好意，心领了，但是这不可能，您还是回去吧。别这么异想天开了。

月光，你听我说，我这个堂弟条件真的很好，他……

白月光摇摇手，再次打断她：无论他条件多好，我也没兴趣，您还是找别人吧。

月光你没有男朋友对吧？我听你那么长时间的节目，我记得你说过你现在是单身状态的啊，而且你看你也不小了不是，所以我觉得……

得了得了，您别觉得……我自己的事情我自己会打算。您还是回去吧。别再来了。我谢谢您，再次谢谢您。

月光，你不是说你的节目是帮助人的嘛，我现在就是需要你的帮助啊。这个王大婶的口才看上去似乎不在白月光之下。

白月光闭了一下眼睛，似乎觉得自己简直在对牛弹琴：没错，我的节目是帮助人的，但是您这个忙我确实帮不了。如果你看哪个电台频道有征婚节目的，您告诉我，我可以把你堂弟的资料转给他们，这样行吧？

我看不上他们的节目，我也不想随便给我堂弟找一个。所以我想你帮帮我。

你有病啊！白月光这下子是真的急了：我帮你？你让我帮你？你让我和你堂弟相亲就是帮你？你也……亏你想得出这样的馊主意。对不起，这个忙我帮不了，你还是找别人吧。

说完白月光转身就走，不再给这个女人继续说话的机会，转身的同时还嘟囔骂了一句：神经病。

第二天下午，白月光就到马澍的办公室去要休假报告，但是不巧的是，马澍因为一个紧急会议到北京去了，要三天之后才回来。白月光只好晚上又坐进了直播室开始上节目。这个晚上接到的第一路热线，居然还是这个王大婶。她在电台热线里继续开始劝说白月光，月光真是又好笑又好气，但是她没有切断她的电话，反而是等她把事情说得足以让收音机外的人都听清楚了，然后白月光对她说："王女士，我再一次重复，这是我的私事，不劳你操心了。今天我之所以没有把你的电话切出去，也是想给收音机前很多喜欢我的听众说一声：做节目的月光是做节目的月光，下了节目，我有我自己的生活，我完全不想混为一谈，请大家谅解。同时啊，谁家要是有好闺女，愿意相这个亲事的，我也破个例，你们私下自己联系好了。别把我扯进去。"说完之后，她示意小熊切断王女士的电话。

但是过了一分钟，热线电话又响了，对方只"喂"了一声，白月光马上听出不对劲，迅速关闭了对方的通话键，同时对着话筒喊外面的小熊："怎么回事？怎么还是她？"

小熊看了一下电话的来电显示，冲白月光吐了吐舌头，意思是说：她疏忽了。白月光皱了一下眉头，接着说："换下一路电话。"

但万万没想到的是，接进直播室的还是那个声音。白月光真的发火了：“王女士，你是来砸场的吧？”

“月光，你误会我了，我是真心实意的。你听我说嘛，我……”

“切出去……”白月光毫不客气，同时对着话筒说，“导播，把她打进来的这两个号码记下来，以后看见，不要接进来。奇怪了，怎么还有这样的人？”

小导播一边点头，一边捂着嘴想笑。她看得出身经百战的白月光遇到了一个难缠的主儿。

“我们不要受到刚才的影响，继续接电话。”白月光调整了一下自己的情绪，又接通了第三个热线，“喂，你好。抱歉让你久等了。”

“没事啊月光。”

“切出去切出去切出去！”白月光听到话筒里这五个字就大吼起来，毫无疑问，还是这个王女士……

“怎么回事啊？王女士你要攻占电台是不是？还是你想来做这档节目？你神经病啊你？有你这么厚脸皮的么？你有多少个不同的号码啊？有本事你就一直占着三路热线，都别让别人打进来。”白月光真的有点暴怒了。

而导播室里的三路热线也一直响个不停，估计听了刚才节目的人也都急坏了。果然，这一次接起的电话，是白月光的一个老听众。他几乎花了十分钟的时间在咒骂这个女人，白月光也不制止他，就任由他在那里爆粗口，到最后是白月光自己都觉得有点听不下去了，她才劝这个老听众说：“算了算了，您也别生气了，咱们节目不能因为这样一个人受到影响，以后不接她的电话就是了。”然后挂了这路电话。结果这一个晚上后来接起来的电话，几乎都是在声讨这个王女士的，甚至还有人说：“月光你把她的几个号码在广播里公布出来，我们来教训她！”

白月光笑了：“没这个必要，大家越是这样，她越是来劲，我们不再提这件事了好么？”

于是这个晚上，“月光热线”几乎变成了“王女士大讨论”的专题节目，做了那么多年电台节目的白月光，还真是第一次遇到这样的新鲜事。

下了班之后回到陈郁郁家里，她把这个事情当成玩笑一样讲给她听。陈郁郁几乎笑断了气，还和她开玩笑说：要不你去嘛，我给你把把关。

滚你的。白月光笑着打了一下陈郁郁的脑袋。

两个人都没把这件事放在心上。

但是事情并没有就此结束。第二天晚上上节目前，白月光在电台传达室收到了几样东西：一束扎得很漂亮的玫瑰花和一个厚厚的信封。信封里有一封信，写得歪歪扭扭的，是王女士写来的，意思是说，首先向月光道歉，但是她还是坚持自己的看法，起码希望月光和她堂弟见上一面，所以在信封里装了五千块钱，算是给月光的见面费。她还留下了自己的电话号码，说如果月光同意，就给她打电话，如果不同意，她今晚会继续打电话游说月光，一直到她答应为止。信尾还说：月光你不是经常在节目中告诉大家，做什么事情，如果认准了，认为是正确的，不要理会别人的闲言碎语，就坚持下去，一定会有成功的希望的！

白月光看了一遍，又仔细看了一遍，然后把信撕碎丢进了纸篓里，同时又骂了一句：见鬼了，真是遇上神经病了。

因为到时间去上节目了，所以她也没来得及去想要怎么把钱还给这个疯婆子，就急急坐上了直播台。小熊通过耳机告诉她，今天晚上节目开始前十五分钟，三路电话就全部满了，而且都是无法显示来电号码。

白月光一边戴上耳机，一边深深吐了口气，示意小熊接进来。同时她在心里已经意识到了一些什么。果然，第一路，依然是王女士的声音：“月光啊，是我。”

“我知道是你。怎么？您又有什么新花样？”

“月光啊，你收到我的信了么？”

“收到了。我还是那句话，你的忙我帮不了，明天你来电台，把你的东西拿回去，不要再来纠缠我，不然我就报警了。就这样。”说完她切断了电话。

可是，第二路电话接起来的同时，她听见第一路热线又响了，她闭上眼睛通过第二路电话“喂”了一声，果然还是那个声音尖细的女人。白月光没有说话，又切断了。在接第三路电话之前，第二路电话又响了，于是白月光在接第三路电话的时候，没有出声，等着对方先开口，果然，耳机里依然是那个王女士“嘿嘿”的笑声。白月光把拳头握紧，再次挂断了电话。几乎五秒钟不到的时间，第三路电话又响了起来。

白月光坐在直播室里，足足有半分钟没有说话，眼看电台系统提示如果没有声音警报器就要响了。月光清了清嗓子，对着玻璃窗外的导播说：“是不是现在这三路电话依然都是无法显示号码的？”小熊点点头，又摊摊手，表示不知道该怎么办。

白月光对着话筒说：“收音机前的各位，大概都知道了，这个王女士是铁了心的，既然她霸占了三路热线，我接起来，挂断她还打，我不接，电话就一直由她控制。那么好了，今晚我放假，大家听歌，我们不接热线了。我倒要看看，这个王女士有多大本事。是不是脑子进水了？不行明儿送去神经病院好了。”

白月光意识到自己已经快要控制不住自己的脾气了，于是说到这里，她推起了CD机的按钮。两个小时，再也没有说过一句话。

虽然这两个小时，白月光没有接电话，但是当她从电台大院出来的时候，感觉比以往任何一次做节目都累。她自嘲地想：原来这个世界上真的有比她还要执著古怪神经质的人。真是林子大了什么鸟都有。正在这样想着，从电台门口的黑暗处又冒出一个声音：月光。

白月光吓了一跳，声音都变了：谁啊？

那个人没有回答，从黑暗中走出来，白月光这才定了定神，发现不是那个女人，是一个二十来岁的小伙子，并且这是月光认识的一个听众，他曾经对月光干过的“痴迷事件”，至今还在电台大院里流传。

有一次月光因为胃疼，好几天没有上节目，后来恢复来上班之后，下了节目和几个同事一起出门，就看见这个小伙子拎着一大包东西等在电台门口。他走到月光面前，亮出了他手里拎的袋子里的东西：是全套的锅碗瓢盆和各种蔬菜以及肉食。月光身边的同事也都好奇地围上来：你要干吗啊？对方的回答是：月光，我知道前几天你的胃出了毛病，我特别担心你，我的手艺很好的，所以我今天把东西都带来了，我给你做顿饭。如果你不愿意我去你家，到我家也可以，说着还看了看周围的DJ，要不去你的同事家也行。

白月光都傻了：天啊，我没事，你也太劳师动众了，得了你快回去吧，要是真想让我养病，就别来电台门口做这种举动，我即使没病，早晚也要被你们吓出毛病来，快走吧……说着连推带搡地赶走了这个小伙子。周围的同事全都快笑趴下了，甚至还有人说，月光你别啊，你不吃，我们说不定还想尝尝这个小伙子的手艺呢……

哈哈哈……月光没理他们，迅速打车走了。但是这件事，已经成为“经典”经常被人拿出来回味。

白月光看到这个人，当然也更不会有什么好气地问：干吗？

月光，我是你的听众，忠实听众。你不记得我了么？

哦，什么事？白月光没回答他的话，她真是没有心情对听众礼貌了。

我这两天晚上都听到了。

哦，白月光当然知道他说的是王女士的事情：那怎么了？你要干吗？

我……对方放低了声音，大概也是听出了月光的不耐烦：我不干吗，你别怕，我只是觉得，这个女人老是骚扰你，对你不安全，我的意思是，我想送你回家。如果你愿意，我可以每天晚上都来送你。

你……白月光想，这两天晚上还真是“惊喜”不断：这位先生，谢谢你的好意啊，我很安全，不用你送。

你别怕啊月光，真的，我没有恶意的。我就是不能接受有人欺负你给你找麻烦，我要保护你。对方说的这句话，大概真是发自肺腑，所以声音是很理直气壮的。

白月光笑了，这个人还真是忠诚度非常高啊，原来还是没放弃一直收听。但是上一次，她确实也没把这个人的出现放在心上，所以这次她才想起问：你贵姓啊？

我也姓王。

啊……王先生，你们姓王的都这样啊？

当然不是了，我都觉得那个王女士真给我们姓王的人丢脸呢。

好了好了，王先生，您请回吧。我真不用你保护。说实话，你这样忽然冒出来，你也是在给我找麻烦。你既然听我的节目，就应该知道，我有我自己的生活，我讨厌别人来打扰。

我不是打扰你，我就是送送你，确保你安全回家。

我如果需要人保护，我会找朋友来陪我，接送我回家，不需要您。

你真的别怕我，我没有恶意，我知道你住在什么地方的。

啊？！这下轮到白月光傻了：你知道我住什么地方？

对啊，我其实……我其实……

你其实什么……白月光的眼睛里开始喷火了，死死盯着对方的脸。

他看了看白月光，小声地说：我其实很早就觉得你一个人夜里下班也许不是很安全，所以我有几次天气特别冷的时候跟踪过你，不过你没发现。

你跟踪我？！白月光的声音尖起来，好像把漆黑的夜空都划破了一道口子。保安室里的武警也已经打开了门在张望着这两个人。

我也不是跟踪你，我就是看你走到巷子里，我就回去了，我真的是担心你的安全的。

我的天啊，王先生，你不会就是王女士家的亲戚吧？你们怎么不明白啊，这难道还不是一种骚扰啊？你悄悄跟踪我？还口口声声说保护我？你们都吃错药了吧？

说完她还是扭身就走，同时丢下一句：我明儿就搬家。

上了出租车，白月光才定下神来，她忽然想到，这个王先生跟踪自己多久了啊？怎么一点也没发现啊？他是上次因为没有答应做饭那件事之后开始跟踪的么？是怀恨在心么？而且，他跟踪自己到什么地方呢？是陈郁郁的家，还是老爸住的地方？究竟是不是如他自己说的，仅仅是跟踪到巷子里？还是一直跟踪到家门口？想到这些，白月光无助地捂住了脸。这个表面光鲜的职业背后，究竟要承受什么样的折磨和压力，真是不会有人理解的，就算说出来，恐怕也没有多少人会相信。

第四天下午，马澍回来了。白月光迅速去找他签署了休假报告。同时把这件事情讲给他听。马澍的反应和陈郁郁一样，大笑了很久，然后说：你这种深夜的节目，稀奇古怪的人是多一点，不过这也说明大家真是喜欢你嘛。

白月光不理会他的幽默：那你来试试？

好啦，我通知门口的保安，以后你快下班的时候，让他们看清楚周围没有陌生人在等，再给你电话让你下楼。

白月光没有说话。马澍又接上去说：早让你学车你不学，自己开车就不会遇到这些人了嘛。

我不学，开车会被撞的。

你？！马澍被噎得回不过神来：你都胡说些什么啊？

白月光不理他，拿着休假报告对他说：今晚节目做完，我开始休假了，你别打扰我，让我清静清静。

好好好。马澍发现自己真是惹不起这个姑奶奶。

但是这件事情还是没有结束。

这个晚上的电话，白月光接得异常顺利，无论是王女士还是王先生都没有再打来。每每有不识趣的听众提到这件事，都会被月光挡回去。两个小时的节目很快结束了。白月光心情很好，她可以放假了。她当然已经打算好了，去广州，去看一看朝思暮想，二十四小时都生活在自己脑海里的严嘉宁。

出了电台大门，她特意放慢了脚步，仔细看了一下，周围没有人，她还是有点不放心，专门到保安室问了一下，那个睡眼惺忪的武警说：没有人来过啊。

她这才放心大胆走出去，走上大马路，准备打车回家。就在这个时候，身后忽然传来两个不同的声音，一男一女：月光！

白月光已经没有惊恐了，回过头去，面前真是王女士和王先生两个人。他们俩人在叫月光的同时，也在打量着对方，似乎都清楚对方是谁，要干什么。

白月光叫了一声：天啊，你们俩要干吗啊？

王先生先开了口：月光，就是这个女人纠缠你吧？

王女士也不甘示弱：月光，他是谁？你男朋友？

白月光没有回答，快步跑到保安室，一脚踹开门，把那个武警从椅子上一把揪起来：叫你们武警队长来，快点。

那个小武警吓坏了，也不敢问什么事，操起电话就打：快出来，有紧急情况。白月光站在他身边，回头一看，那两个人已经互相赛跑一样挤在保安室门口。白月光想了一下，拿起手机打给马澍：你赶紧过来。现在，到电台来。

怎么了？马澍显然已经睡觉了。声音是含糊不清的。

你来不来吧？

来来来，马澍不敢反抗：马上来。

等马澍飞车开到电台门口的时候，他发现白月光站在武警的保安室里，而那两个人已经被好几个武警围住，但是这两个人谁也没有退让或是离开的意思，反而各说各的：一个强调她是为月光的终身大事，她是为月光好；另外一个在说你是骚扰月光，你是神经病。两个人你一言我一语，互相扯着对方的衣服，如果不是武警拦着，一早就已经打起来了。

白月光看到马澍的车到了，于是从保安室里出来，扒开其中一个武警，走到王女士面前，从包里掏出一个信封，再把信封里的东西拿出来，一把撒向漆黑的夜空：你的钱，还给你！

这个举动让周围所有的人都愣住了。隔了大概十秒钟，王女士、王先生，甚至几个武警，都开始蹲在地上捡钱。风吹起来，黑暗中到处都是钞票。白月光看到这样的景象，居然笑了。她几乎是跑到马澍的车旁，拉开车门坐进去，对着还在发呆的马澍吼：还不开车走？

哦……马澍连忙发动引擎，车经过的地方，又带起了几张钞票。白月光从倒后镜里看到他们还蹲在地上，一蹦一跳地捡着钱，忽然放声大笑起来。

马澍在听明白整个事情的经过之后，对月光说：放心吧，等你休假回来，我保证你不会再看到他们了。

白月光没有好气：没了王女士王先生，难道不会冒出张先生张女士？

所以啊，月光，你要收收你的脾气，你看看你，做个节目招来这么多神经病。你别说自己一点责任都没有啊。

月光沉默了，因为她觉得马澍说得有道理。

马澍看月光不说话，还以为她受到了惊吓，又觉得自己不应该在这样的时候指责她，于是好言好语地对她说：月光，不然等你回来，给你调整到白天的节目吧？你做新闻也没问题的，虽然“月光热线”是王牌节目，但是再王牌的节目，也没有你本身重要啊。

不可能。白月光回答得很干脆，丝毫不领情的样子：我辛苦培养出来的品牌节目，就被这两个神经病弄砸啦？也太小看我白月光了吧。

但是你自己不是也说，没了姓王的，可能还有姓张的姓李的啊……这次这两个人虽然是比较有病的，但是幸好还真是一种喜欢，哪怕是错误的偏执的喜欢，但是你不一定每次都这么幸运，你怎么知道还有什么样的神经病会做出什么样的事情来啊？

白月光听了这番话，不知道该怎么回答了。想了一会儿，她说：谁让我干的就是这样的工作，谁还没点为职业牺牲奉献的事儿了。

马澍摇摇头：这样，等你休假回来，我每天晚上来接你下班。如果我到总台开会，就让你那个小怪物来接你。我会和保卫处说好，以后晚上你下班了，从电台的后门出去，并且由值班的武警护送一下。

白月光转过头看着马澍：你是早上八点半要回电台工作的人，你能天天一点多送我，然后再回家睡觉？

我能。马澍回答得斩钉截铁。

我看你做不到。

那我们试试。

你没有这个义务。

我有。我有保护你的义务。

白月光听到“保护”这个词，又想起了王先生说过的话。但是，她在内心深处，真的有微弱的感动了。说实话，以她对马澍的了解，他绝对是可以说到做到的。她明白马澍对自己的感情，她甚至比马澍自己还要明白，可惜的是，她不爱他。想到这里，白月光忽然觉得很凄凉。不知道是为自己还是为马澍，或者为每一个爱她喜欢她，想要保护她的人。

两个星期过去了，当白月光休假回来之后，这两个人真的再也没有出现，白月光也没有问马澍用了什么办法让他们停止了对她的纠缠。但是她真的开始在节目中收敛了一点。可是这件事，真的让月光意识到：这个世界上，有太多的人和事，是她自己无法了解和明白的，每个人都有自己的一套生存逻辑和态度，永远也不要试图用自己的观点去影响或者改变谁。还有就是，她忽然觉得，自己其实一点毛病都没有，她是一个再正常不过的人了，比她神经质偏执甚至患有妄想症的人太多了……想到这里，她的心情竟然好了很多。从此之后，她正式接受了马澍的感情，开始了和他所谓的恋爱。

5

我看见月光满手鲜血地站在我的床边，惊讶地睁大了眼睛：你怎么了？她看着我，不说话，就慢慢朝我走过来，我吓得一直往后躲，不知道发生了什么事情，无论怎么叫她，她也不回答我……

然后，我就被一阵又一阵急促的电话铃声吵醒了。摸摸额头，全是汗，等我稍微恢复了一点神智的时候，发现连枕头上都湿了。这真是一个可怕而劣质的噩梦，就好像看多了的恐怖片桥段一样。

窗外依旧漆黑一片，手机在我的床头柜上依旧大嚷着刺耳的铃声，我开了灯，闹钟显示的时间是午夜三点十五分。我抓起手机：谁呀？口气很差，这时候谁会鬼催火一般地找我？

对方是一个清醒的女声：陈郁郁么？我是从医院打来的，白旭民的状况非常不好，你是他的家属吧？请速到医院来。

啊？我愣了几秒钟，似乎没有听懂她在说什么。

对方不耐烦起来：他的脑部又有大量出血，医生已经赶来了，让我们通知你，来见他。

哦哦哦，我终于真正清醒过来：她说的是月光的爸爸。因为是我去办理的住院手续，所以留了自己的手机号码。

我迅速挂断电话，连鞋也顾不得穿，冲出房间去敲月光的门：月光，月光月光，白月光……她大概是吃了很多安眠药才睡的，一直都没有动静，我的敲渐渐变成砸：白月光，起来，你爸爸出事了。

好半天，她才揉着眼睛开了门：你说什么？

快，我边说边穿衣服：医院打来电话，说你爸爸情况不妙，医生让我们马上过去。

月光愣在原地，似乎一时间也没反应过来我在说什么。

你愣着干吗，快点啊！我急了，推了推她。

啊……哦……出什么事了？月光反应过来了，也回身去抓衣服。

不知道，是个护士打来的电话，只说让我们马上过去。

怎么回事啊，昨天我们回来的时候不是说度过危险期了么？

你想知道怎么回事就快点。我已经开始穿鞋了。

月光一分钟不到就从房间跑出来，我发现她的毛衣都穿反了，但是这个时候谁还顾得上毛衣的反正，我俩没有刷牙洗脸，用手在头发上抓了几下，抓起背包和钥匙就出了门。

凌晨的街道很安静，马路上透着路灯的光，左右看过去，平时喧闹的大街这个时候连一辆出租车都没有。

别急，我安慰在身边一直不停顿脚的月光：医院的人总是喜欢夸大其词的。

她不说话，不知道是紧张的不知道该说什么好还是压根没有听见我说什么。

大概过了五分钟，终于看见一辆出租车远远开过来。白月光冲过去拉开车门，我赶紧上了前面的位置。一路上，月光紧闭着嘴唇，一句话也不说，我回头看见她的脸很脏，眼角似乎还有没有擦干净的眼屎。于是从包里掏出一张湿纸巾递给她：你擦下脸吧，很快就到了。

她接过来，还是没有说话。

到了医院，月光拉开车门就冲出去，我边付钱边在后面喊：等等我。

到了三楼，月光抓到人就问：我爸爸在哪里?

我气喘吁吁跟在后面：去值班室问。

这时候，从旁边的办公室里走出来一个戴眼镜的男人，大概是值班医生吧：你们是白旭民的家属?

对。我是她女儿。月光回答。

现在医生还在给他动第二次手术，情况不是很妙，你们要有心理准备，这是病危通知书。那个眼镜男递过来一张纸。

月光机械性地接过来：昨天晚上你们不是说他没事么?

病人的情况随时都会有变化，你也别着急，我们会尽力的。

尽力是什么意思?月光并不看手里的那张纸。

那个眼镜男态度很好：我在电视上见过你，你是那个电台的主持人吧?

我站在后面，生起气来，这都什么时候了，这个小医生还在这里“追星”?

对，我是。月光回答：我爸爸到底怎么样?

我现在回答不了你，你别急，到四楼手术室门口去等等看，有什么消息我们会第一时间通知你的。

月光连一声谢谢都顾不上说，转身往楼梯口跑。我跟在她身后，这个时候，我只能寸步不离跟着她。

我俩在手术室外面的长椅上坐下来，月光裹了裹身上的衣服：怎么回事呢？

我不知道该怎么回答。

郁郁，她叫我：你说，他会死么？

别胡说，我没有好气：医生不是在给他做手术么？

我想抽烟。月光看着我。

我环顾了一下走廊，一个人也没有。这个时候我不想阻止她。于是从包里掏出烟来，又从笔记本上撕下几张纸，卷成一个圆锥状递给她弹烟灰。

她接过来，深深地吸了一口：这老家伙不会有事的，千年的王八万年的鳖。她居然用上了这样的粗话。

我又气又笑，接不上话。只好伸出手来在她的后背上轻轻地抚摸：没事的，你别自己吓唬自己就好。

大约过了快两个小时，手术室里终于有人出来了。月光一个箭步迈过去站在那个医生面前，但是她好像已经不知道怎么开口说话了。

你们是白旭民的家人？医生主动问。

对，我在月光身边回答：他怎么样？

医生看看我，又看看月光：很抱歉，他的血压一直很高，我们发现他桥脑出血，一开始就进入昏迷状态了。

桥脑？我不明白地反问。

桥脑是生命中枢所在，5毫升以内的出血就引起严重后果。他一直发着40摄氏度的高烧，呼吸衰竭，我们已经尽力抢救了。很抱歉。那个医生尽力在给我们解释一些听不懂的医学名词。

他还活着么？月光问。

医生看看她：他去得很快，应该没有太大的痛苦，也没有说一句话。你们可以料理后事了。说着他回头看看手术室：等会他会被推出来，你们可以看他一眼，然后就送太平间了。说完在月光的肩膀上拍了拍，又看了我一眼，从我们俩中间穿过去了。

月光愣在原地，似乎没有听明白他的话，她回头问我：他刚才说什么？

月光……我咽了一口唾沫：你爸爸死了。我握着她的手，生怕她发起疯来。这个时候，手术室的门又一次打开了，两个护士推着一辆车过来，白布下蒙着的，应该是月光的爸爸。我走上前，拦住她们。那两个护士看看我们，其中一个准备去掀开白布的顶端。

别……月光大叫：我不想看。

你必须看，你总要确认一下。那个护士冷冰冰地说。

月光回过身：我不看我不看我不看。边说边蹲在了地上。

我强作镇定地走过去，冲护士摆摆手，示意不要刺激她：我来看。

我的心并没有狂跳，坦白地说，这已经不是我第一次见到死人了。我掀开白布的一角，看见月光爸的脸，并不如想象中那么恐怖，甚至是很安详的样子。我叹了口气：可以了。

那护士拉了拉白布，看了一眼蹲在地上的月光，冲我努努嘴，大概是让我请她让开。我走过去，慢慢扶起月光：你乖。月光，你听我说。

她没有任何的反应，就由着我扶她起来，往边上挪了挪，那两个护士面无表情地推着车走过去了。

月光的目光跟着她们：她们带我爸去哪儿？

月光，我抓住她的肩膀：你听我说，你爸爸死了。他死了。我看得很清楚，没有错。现在是你要坚强的时候了，我们要给他操办后事了。

月光愣了好一会儿。然后忽然间的，放声大哭起来。我抱着她，她哭得歇斯底里，完全停不下来，我的脖子全都被她的泪水弄湿了。我就一直抱着她，不敢松手，任由她哭，我知道，她一定要哭出来才能接受这个事实。

这是我最后一次见到白月光流眼泪。

月光爸的丧事几乎都是我在处理，说起来，其实也没有什么好料理的。我问过月光，打算将骨灰怎么安置。她想了很久很久才回答我：还是送回老家吧，不是说落叶归根么?

我没有再说什么，这种时候，一切都按照月光的意思去办理好了。并且按照她说的：一切从简。

火化那天，我一直寸步不离跟着月光，这是马澍事先交代过的，月光单位的同事也来了一些，隔着人群，我还看到了小熊，她冲我撇撇嘴，表示打招呼。我示意她过来和月光说几句话，她似乎很紧张：月光姐，你还好吧?

月光看了她一眼：我没事，同时指了指身边的我：这是我的好朋友陈郁郁，她会照顾我的，你们放心吧，你替我谢谢来的同事们。

我趁着月光不注意的时候，把自己的背包递给小熊：你帮我拿着，等会万一她出什么状况，我怕我顾不上。

小熊很听话地接过去，退回到后面去站着。远远的，我也看见了马澍，他向我点点头，似乎是在说：拜托你了。

火化的时候，我已经做好了月光再次放声大哭的准备，甚至我的口袋里至少装了三条手绢。但是没有，再也没有，除了那天在医院她痛哭过一场之后，我再也没有见过月光掉一滴眼泪，这真是一件让我费解的事情。

月光抱着骨灰盒走出来的时候又突然改变了注意：我还是在这里给他买个位置安放骨灰吧，也算留下陪我。

我不敢吭声，尽管我觉得她的话很不吉祥。

月光，你真的没事？我还是忍不住问。

她看着我：我没事。这种事情早晚都会发生的，我当初把他接到身边就知道一定会有这么一天的，只是没想到这么快罢了。她似乎笑了一下：快得我们俩都还没来得及补偿，或者继续伤害对方。也有可能，老天觉得我们已经相处够了，他已经可以忘掉我了，而我也应该，或者我早就把他忘了，反正我们已经得到了各自所需，所以——再见吧。

天，那个笑容之古怪，让我毛骨悚然。

马澍走过来，把我的背包递还给我。我愣了一下，心想我的包不是一直在小熊那里么？什么时候到了他的手里？

马澍看看我，又看看月光，轻轻和我说：同事们都先回去了，大家都知道月光的个性，她就是太要强，我也先回去了，你就好好陪着她吧。说完他伸出手，似乎是想要安慰一下月光的，但是又犹豫了一下，停在半空的手还是缩了回去。好像所有的人都不约而同在这个时候感觉到，月光是一个很危险的动物，不知道会在什么时候张口咬人。但是，只有我不怕。

是的，我不怕。我要陪着她，走过这也许是最艰难的一段路。

从这一刻开始，月光就真的是一个孤儿了。

看一看四周，熟人都走光了。小熊压根什么时候溜走了我都不知道。

我们在公墓买了一个小小的位置，安置好月光爸的骨灰盒，然后慢慢地走下台阶。月光对我说：这几天我不去你那里了，我要回家收拾他的遗物。我毫不犹豫地说：我陪你。

她看看我，没有说话也没有反抗。上了车，月光又一次握住我的手，很紧：郁郁，谢谢你。

你看你，这个时候还说这样的话。

这个时候，肯留在我身边的，也就只有你了。

我又一次不知道该怎么接她的话。

你看马澍他们，好像觉得我会咬人似的。月光带着一丝苦笑。

原来她心里什么都明白，我想。

不是这样的。我试图给他们解释：大家都知道你的个性，总觉得在这个时候你需要一个人静一静，所以才都刻意回避了，马澍还和我说，如果有需要，他随时都会来的。

月光并不领情：那么，你为什么不刻意回避？

我？我愣了一下：你觉得我也需要回避？

我不是这个意思，我是说，大家好像都很怕我，为什么你不怕？

我有什么好怕的，再说你也不可怕啊。

那么他们为什么躲得那么快？月光还在纠缠。

月光，如果你觉得需要的话，我让多些人来陪你就是了。我顺着她的话。

不。我只是问问而已。

我当然知道她只是问问而已，按照月光的个性，就算许多人愿意留下陪她，她也一定是全部把人家轰走，这一点我是很有把握的。但是我也可以理解这个时候的月光，内心里一定非常凄苦。所以我下意识地握紧了她的手：你还有我！

她侧过头看了我一眼，不再说话。

回家的路上，月光在路边的杂货店里买了两个很大的铁桶，我不知道她要干什么，但是我也不敢多问。

到了家，她走进她爸爸的房间，先是四处打量了一下：说实话，自从把他接过来之后，我好像都没有好好在这个房间里坐上一会儿。

我不说话，也不知道该说什么。看着她把两个铁桶放在房间中间，然后打开他爸爸的箱子，开始烧东西。

你干吗？我有点慌了，连忙去开窗户。

你听过那首歌么，月光并不回答我的问题：《那个下午我在旧居烧信》？

我听过。我还是不太明白月光的举动。

她也不再说话，从她老爸的床底下搬出一个箱子，里面全是信件和日记本。月光从里面拣出两本对我说：这是我老爸年轻时候写给我妈妈的情书，你想看么？

我完全不知道该说想还是不想。

月光见我不说话，接着自言自语说：算了，连我都不想看，你又怎么会想看？

月光，其实我觉得，你爸爸还是很关心你的。至少他很后悔以前那么对待你。

也许，大家都这么认为，他自己也这么认为。

他和你说过？

日记里写的。

你都看了？

你忘了我们回来给他收拾东西去医院的时候，我发现过他的日记吗?

都写了什么?

把自己当成神医一样，观察我的气色，然后写药方。我看到月光的眼睛有些发红。

她开始撕那些本子。有的干脆直接丢进桶里，霎时间，火苗开始蹿上来。

我能帮你干点什么? 我实在没办法看着月光的样子无动于衷。

她指指书架：上面那套《红楼梦》，你帮我拿下来，一起烧了。

什么? 烧《红楼梦》?

对。

我不敢多问，就照着她的意思，在她旁边的小板凳上坐下来，开始撕那套名著。

你知道么，月光对我说：我记得小时候和他吵架，有一次骂急了，他说如果再怎样怎样，就让我红刀子进白刀子出……后来我读了《红楼梦》，才知道这句瘆人的话的出处原来是《红楼梦》，我爸连骂人都是用名句。说完她又笑了。那种可怕的笑容……

我想了一下，觉得不对劲：难道不是应该是白刀子进红刀子出么?

陈郁郁，亏你还是写作的人，好好读读《红楼梦》去，曹雪芹是故意写反了的，因为说这句话的是焦大，他喝多了，所以说话颠三倒四。说完之后，白月光又苦笑了一下：我爸才真是能把《红楼梦》背下来……

我没接她的话，因为我实在觉得太奇怪了，在这种时候居然讨论起名著典故来了，于是我换了个话题：他后来，又结过婚么?

当然。有一次就在我眼皮底下。我初中三年，他基本上都在相亲，带各种各样的女人回家吃饭，展示他的厨艺和才华。一直相到我读高中，最后就结婚了，他的一个牌友。

那女人对你好么?

谈不上好坏。客客气气的。

后来呢?

又离了。

啊?

两个人一起打麻将，一起输，日子当然没办法过。你相信么?这个世界上真的有人一辈子都在结婚和离婚。

你指你老爸?

嗯。我离开老家之后他结了第三次婚。

啊?你过去没告诉过我啊?

因为后来又离了，有什么好说的?

这次又是为什么?

不知道。我没见过那女人，据说是有一个女儿，比我还要大几岁，那年已经工作了，开着单位的车，撞死了人，私了，赔得倾家荡产。一直在还债。

你爸帮还?

据说是已经还得差不多了才认识我爸的。他就把剩下的积蓄都给了那个女人，还问我姑姑要了些钱，然后就结婚了。

那又为什么……我把后半句生生咽了回去。

为什么又离?白月光替我问出后半句，然后又自己解释：我爸找的女人，都和他爱好相似。这个更加离谱，后来把家里的一间房腾出来开了个小麻将馆，天天从早到晚乌烟瘴气地挤满了不三不四的人打麻将。

你怎么知道的?

我姑姑告诉我的，她后来因为这件事也和我爸弄得很不愉快，开始她还让我回来，后来就不说这些话了，估计是连她都看不下去。

那不是志趣相投，干吗还离婚啊? 我也觉得实在有点过分。

哼。月光又冷笑起来：自己打麻将是一回事，伺候别人打麻将又是另外一回事。

就离啦? 我问。

大概是吧。反正过了几年。离了。但是从那之后，我爸居然就不再赌了，哈哈，估计是开麻将馆开伤了。这场结婚离婚还算有点价值。月光的笑里听不出任何感情。

所以你一直恨他? 我似乎可以理解月光对待他的态度了。

人一死，什么恨都没有了。

月光……我看着她：算了。

当然算了。不然怎样?

那你后来为什么又把他接到身边?

难道我让他在老家结第四次婚?

他有这个打算?

不知道。其实，他一直都怀疑我不是他亲生的。

啊? 不会吧? 这种事情不能拿来开玩笑的。

对啊。我也知道啊。但是他坐牢出来之后就一直拿这个说事，说到最后连我自己也开始怀疑了。我怎么会有这样的父亲?

你们没去做什么鉴定之类的东西吧?

没有，我们直接想登报脱离父女关系的。我觉得他对我妈妈是一种极大的侮辱。

是够……我想了想，用了一个不那么狠毒的词：是够过分的。

我本来是想说，这老头子是有点混账的。

他认为，所有的一切都是社会造成的，他穷也是社会的错，他遇不到好女人也是社会的错，他没钱养活自己的女儿也是应该由社会来负责的。是有这样的人的，所有的一切都是别人的错，即使不是别人的错，就是社会的错。

你得承认，你爸那个时代的人，是吃了点苦的。

我呢?

月光，你更苦。我很老实地回答。

对啊。每个年代都有生活苦的人。怪社会?不如怪老天为什么让我们做人好了。

对。我也有同感：下辈子，做猪做狗，不再做人了。我叹气。

月光笑了：有个算命的师傅说过我爸，他的命是房屋上的土，没有根基，一辈子漂泊一辈子落魄。

可是这几年，你也算没有亏待他呀。

以前我也以为，我这辈子都不会管他。但是等他死的时候，我一样会替他料理后事，披麻戴孝。现在我终于算是兑现了自己的承诺了。月光烧完了手里的本子。开始收拾他的衣服：这些拿去捐了。

那你后来还是管他了。

对。大概我需要找个人来发泄我的不满我的苦，想来想去，就他最合适。

所以你接他来?

月光没有回答我，看着墙上的一幅字。他老爸自己写的：难得糊涂。

字挂歪了。月光说着，站起身来去扶正。扶好了之后退后了几步看了看，又把那幅字卸了下来：还难得糊涂，明明是个糊涂了一辈子的人。

你要把这个也烧了？我看着她手里那幅漂亮的字。

你要？

我想了想，点点头：你若是不想要，给我吧，也算个纪念。

成，那你拿去吧。月光递给我。

说完她想起什么似的又说：以前我认识一个男的，有强迫症，非常严重，他一定要把所有的东西放整齐才能在房间里待下去。有一次我们俩去酒店开房间，衣服都脱了，他忽然发现酒店墙上挂的一幅画有点歪，就一下子坐起来，光着屁股去把那幅画给人家扶正了才爬回到床上，笑死我了。月光竟然真的笑了。

但我却愣了。她说的，当然不会是马澍。那么是谁呢？除了那个叫做严嘉宁的家伙，大概没有别人了吧。但是，我要怎么接话呢？

不过月光似乎也没有让我表示什么意见的意思，她好像就是突然想起这个细节，自己沉浸在其中，连父亲刚刚去世的忧伤也可以忘记的回忆。

大概，月光所有快乐的日子，都是和严嘉宁在一起度过的吧。我想。

房间里的东西烧的烧，丢的丢，打包到一起，最后只有两个袋子。月光看着空空的屋子，慢慢地说：就这样，他这一辈子算是走完了。“无常无常”大概就是这个意思吧……说完咬住了下嘴唇。我以为她又会哭，但是没有，她连眼眶都没有红。

这个房间你打算就这样空着了？

对。她回答：说起来，从小到大，我手里居然没有一张我和他的合影。更没有人家家里常见的全家福。说完之后停了一下又回头看我：郁郁，我们好像也没有一起拍过照片。

对啊，我说：连大头照都没有。

那么我们改天去拍，你也留个纪念。

留个纪念？我在心里嘀咕这句话，总觉得充满不祥。

月光又接着说：真奇怪，我好像和所有的人都没有什么合影。连我自己的照片都很少拍，似乎都是台里有什么活动才有照片。

她说到台里，我才想起来问：你打算什么时候回去上班？

这个星期结束就回去。

这些天的节目一直在打碟？

没有，导播给我发信息说，找了个主持人来代我的班，新上任的领导认为热线节目不能老打碟放音乐，要有人说话。

哦？你们新领导已经来了。

对。马澍一调走就来了新的。

是谁啊？

我一直没上班，还不知道。台里人的电话我最近一概不接，但我知道肯定要有大改革。

新官上任三把火嘛，都这样。你也算是台柱子，担心什么？

哼，她又一次冷笑：对，我没有什么要担心的，真担心的，也是他们不是我。

我想问为什么，但是忍住了，我觉得月光的意思大概是说，自己并不是什么好惹的角色，新领导也不敢把她怎么样吧。

郁郁。月光叫我：今天晚上我请你吃顿好的。你忙活了这么多天，我们都没有好好吃顿饭。人家办丧事，最后都要请吃饭的。月光看着我。

好啊。我不拒绝她的主意，只是说：最近你别一个人回来了，还是去我那里住些天再说吧。

不，她拒绝：我还是回来吧。她也不解释原因，只是斩钉截铁拒绝。

我不说话表示不反抗。永远顺从白月光的决定，这大概是我们能相处这么久的原因。不知道为什么，月光爸的去世，让我第一次觉得，我好像真的会失去月光，但是真正的原因绝对不是因为这个老人家的去世，那么是什么呢？我想不到，所以内心里更加充满恐惧。

FIVE

嘉宁:

你还好么?

这个城市的冬天，总是有无休止的冷雨和寒风。偶尔回暖，然后再接着凄风苦雨，整个人更加神经质起来。每每到了这个时候，我就会想念广州的冬天，如果那可以叫做冬天的话。穿着短袖在珠江边上散步的夜晚，我想今生，再也没有机会重新来过一次了。

有时候我去疗养中心，找盲人师傅替我按摩，他们总是会把我的肩膀手臂以及脖子按得“咯吱咯吱”发出声响来。每次这样的时候，我就想起你，这个浑身的关节总是会在任何时候发出动静的男人。

我记得，你喜欢用指头间在我的手背上轻轻地弹，但是你的大拇指总是“咯吱”作响，我每次都会被你的这种举动弄得笑得喘不过气来。嘉宁，我无论如何也没有办法让自己的关节随时发出声音，那代表什么呢?

记得第一次躺在你怀里，在我们亲热的时候，你扭动脖子转过头看着我，还是发出声响。多么奇异啊……在我们水乳交融合为一体的时候，我感觉到你粗重的呼吸声里，伴随着脚趾尖发出的“咯吱咯吱”的响声。第一次真是吓坏了我。但是后来，我又开始渐渐习惯，我知道那代表你很舒服，你感觉到放松，我可不可以理解为那是你达到兴奋状态时候的表现？再后来，每每我们做爱，如果你的关节没有发出声音，我都会有一点点失望，觉得也许不够好。你后来知道了我的想法之后一直骂我变态。你还记得么？

这些小小的细节和秘密，是属于我们两个人的。一直隐藏在我内心深处，不会让任何人知道。嘉宁，现在，你还是这样吗？

我总觉得，自己在对待很多事情上，都有很好的理解力，可是，那是不能依靠和给予任何问题以答案的，它无法解决任何问题，我明白自己内心的一切。但是，嘉宁，又有什么用呢？

嘉宁，我的心里住了一个神。隔三差五我会和神对话。把我心里想不明白的事情告诉神。神总是不回答我。神双手插在口袋里，无论多冷都穿得很单薄。神只静静地看着我。一言不发。看碎了我所有的忧伤。每天晚上出门之后第一件事，就是抬头寻找天上的星星，即使是阴天也不忘记抬头仔细找一找，我觉得那些星星很像神的眼睛。

有时候我也对着墙壁，小声和心里的神说话。我知道神拿我毫无办法，正如我看着自己见死不救。我把神对我说的话，存在一个小瓶子里，随身带着。可我忘记了那是个玻璃瓶子，一失手，瓶子掉了。神对我说的话，摔碎了一地，再也捡不起来了。然后我就渐渐忘了那些神已经告诉我答案的事情，于是我再次回到起点，纠缠神，要问个究竟。神依然不理我，神还是静静地看着我。神每次都这样回答我的问题。

很多人想把神毁灭。很多人做很多事，说很多话，要把那个他们看不到感觉不到的住在我心里的神打倒。可是他们不知道，神的脚上有镣铐，是我把神锁在柱子上的。神可以飞，但神不忍心，神知道会把柱子弄塌，神不愿意让我变成神经病。神知道我只是神经。

嘉宁，我很想在这个冬天再去海南看海，潜入水底，那个无声的世界，五彩斑斓的叫不出名字的鱼儿们从我的手指间穿过，还有那些摇摇晃晃的珊瑚。我一直想，如果可以，来世做一块海底的石头吧。可以在那里沉睡数千年不被打扰。

你说，人真的有来世么？如果有，我还能再遇见你么？下一辈子的事情，我不懂，看不见，然而我知道无论是前生还是今世，我和你的交织点，已经中断了。若是水能倒流，我不知道当年，我还会不会做出那样的决定。而你，又会不会看出我的绝望。嘉宁，我很想杀死自己永远怀有恐惧感的绝望生活。

月光

也就是在这个时候，
白月光已经想清楚了接下来要做的事情。
虽然之前她一直在准备，
但似乎一直也没有迎来完全准备好的那一天，
但这个下午，
白月光忽然有预感：
那一天，
要到了。

F

白月光休完给父亲办理丧事的事假之后，回到电台上班的这个下午，在走廊上遇到的第一个人，就是马澍的前妻。她心里有一丝奇怪：她不是一年前已经调去音乐台做台长了么？怎么会出现在自己部门的楼层里？

这一两年，随着马澍和白月光在电台半公开化的关系，这个叫做李倩的女人也一直在平步青云高升着。从财务一直升到台长助理，又升到总监。她和白月光没有任何的交集，无论是工作上的还是私人生活上的。白月光知道她心里清楚自己和马澍之间的关系，李倩心里也知道白月光知道她和马澍的关系，但是两个女人表面上，好像谁也不知道谁是谁一样。从当年白月光每个月到李倩的办公室交他们频道的工资表开始，李倩和她就一直客客气气的。李倩叫她月光，白月光称呼她李主任。后来她升了职，偶尔在电梯里遇到，李倩还是称呼她为月光，而白月光对她的称呼已经换作：李总。

于是这个下午，在走廊上的迎头相撞，躲不过去的白月光从牙缝里挤出一声：李总。

李倩穿着一身浅蓝色的套装，长发，半高跟的皮鞋会在走廊上发出“哒哒”的声音：月光啊，你回来了。心情好点了么？

嗯，月光心想：消息传得真快，难道不同的频道之间主持人的私事也这么公开化？

李倩看她不置可否的样子，又说了一句：节哀顺变啊。同时还伸出右手在白月光的肩膀上拍了拍，接着说：你到我办公室来一下吧，我听说你今天下午会回来销假，一直等你呢。

这下轮到白月光愣了：你等我？你办公室？

李倩一早料到了月光的讶异：你休假了，没看到台里的调令报告。我已经调到新闻台来接任马澍的总监位置了。说到“马澍”两个字的时候，她并没有刻意加重语气，似乎就真的是在告知下属工作上的人事变动。

哦……白月光装出一副恍然大悟的样子：是么？那恭喜您啊。其实她的脑子里在飞速运转着：好家伙，原来是这么回事，居然真的没有人告诉我一点风声，奇怪了，我竟然也没有在之前听到任何一点风吹草动，这个马澍竟然也没有告诉我，真够……不对，不能怪任何人，这段时间我没接过电台任何人的电话，甚至连手机都没怎么开……我想新领导是谁都无所谓吧，但是居然……

还没想完，李倩看着愣神的白月光：走吧，我们聊聊。

好。白月光还是一副面无表情的样子。跟在她身后往走廊尽头的总监办公室走去，心里想：我倒要看看，你会把我怎么样？你想把我怎么样？你能把我怎么样？

开了办公室门，李倩对月光说了声：坐啊。然后回头从桌上拿起个一次性杯子，在饮水机里接了些热水，放在了白月光面前：喝茶。

白月光注意到了这个细节，她之前根本没有往那个杯子里放过茶叶，可是端过来的却是茉莉花茶，也就是说，这个女人已经在办公室候了她很长时间了。至少是准备了很长时间，不仅仅准备的是茶叶吧？应该也还有些其他的才对。

想到这里，白月光心里更有底了：李总，有什么吩咐，您尽管说好了。之前我处理家里的事情一直没来上班，耽误了好多节目，也不知道您对频道里的安排是怎样的？

李倩坐回到自己的办公桌前，把胸前的长发甩到肩膀后面，打开自己桌上的杯子喝了一口，心里想：这个女孩子还真是有两下子，难怪马澍会被她迷得神魂颠倒，换了一般的小姑娘估计早就吓傻了，看看人家这么年轻，先学会了什么叫做“喜怒不形于色”了。

她歪着头看看白月光：你也是知道的，我过去一直在音乐频道，对新闻频道的事情了解得不多，虽然都是做节目，但是节目的安排啊类型啊也都不同。你是节目部主任，没了你，我这个总监一时之间还真不知道该如何下手了。

白月光没有答话，心里想：这就是在变相指责我这么长时间不来上班吧？

李倩看她没有说话的意思，于是接着说：我这两个星期仔细研究了一下咱们频道的问题。发现有好些节目的收听率都有下降的趋势啊，不说别的，你的那个“月光热线”，这个月掉了整整两个点，这在过去的数字报告里是从来没有的事情啊，当然——她没给白月光插嘴的机会又接着说：责任不在你，因为你家里出了事情。“月光热线”打的旗号就是你白月光，你不在，别人当然束手无策了。

所以你就安排了其他的主持人先替我顶班。白月光接上去说。但是那个尊称“您”已经换成了“你”。

是啊，我不能像过去马澍那样什么事情都不过问，任由晚上的节目打碟。这样听众的流失量会更快的啊。

你怎么知道过去是在打碟？白月光更加不满了。虽然她知道李倩说的也是事实。

我看了过去三个月，甚至更长时间的节目调度单，每次你请假的时候都有签字，后来我就问了一下陪你上夜班的导播，那个小姑娘说了，你不在的时候，节目都是放音乐打碟的。

其实在她说这些的时候，白月光已经意识到了李倩是怎么知道的。当然，总监插手节目，导播一定要实话实说，这个不能怪任何人。

李倩又喝了一口茶，看着白月光：不过啊月光，有一件事我要直截了当地批评你了，打碟就打碟吧，但是你连续好几个月，翻来覆去都是一张唱片在播放。这个问题，说小一点就是你是糊弄听众了，说大一点，她停了一下接着说：说大一点，你就是不负责任，利用手里领导的权力不把节目和频道当回事了，再说严重一点，这是属于重大的“播出事故”，你堂堂一个节目部主任，心里应该最清楚吧？

白月光没有说话，这没什么好狡辩的，她本来就是这么干的。但是她忽然意识到，这件事情，只有她和小导播知道，出卖她的人是谁？已经很清楚了。

所以，白月光也没有打算和她拐弯抹角，直接问：那您的意思是什么呢？

李倩笑了：你是节目部主任，主管节目质量的，我想参考一下你的意见，如果是其他主持人犯了这样的错误，咱们台里应该怎么办呢？

好一个白月光，不慌不忙地回答说：咱们台里还没有这个先例，这个错误我是第一人，所以以往没什么办法，现在就是等你这个新总监来处置喽。说到最后这句的时候，白月光脸上居然露出了笑容。

这个笑容在李倩看来，甚至是有点挑衅的。她没有想到这个小女人会这样回答她的问题。当然她也不是怕她，在见到白月光之前，她就做好了对付她的种种准备。

月光啊，你喝茶。李倩还是笑眯眯的：你看啊月光，你一走就是半个多月，我呢又是刚刚调来，所以这段时间台里的很多事情都很混乱的，我也挺抓瞎的，所以我就从原来的音乐台暂调过来了一个助手，就是我原来部门的节目主任，暂时帮你处理节目部的日常事务，他现在的职位是节目部副主任，你有意见么？

没有。白月光回答得很快，这也是她一早就料到的。当她跟在李倩身后开始走向总监办公室的时候，她就知道，她在新闻台的动作一定不会小，首先要做的第一件事就是在她这个节目部主任身边安插一个她的“自己人”。

那就好。李倩看她这么爽快，接着说：除了这个副主任会协助你的工作之外，在节目上，我也有些调整。等我们开会的时候我再慢慢和你详细谈，好么？

好的。白月光想，不会就这么简单吧？

果然，李倩又喝了一口茶。白月光看着她的每一个举动，忽然就想起不知道从什么地方听来的一句话说：当一个人特别紧张的时候就会不停地喝水。

月光啊，你的节目现在由另外一个主持人代班，这个事情你已经知道了吧？

我知道了。月光说的是实话。她还想继续说什么的，李倩打断了她的话：但是，你可能知道得不是太清楚。是这样的，因为你的节目名字叫做“月光热线”，我刚才也说了，“月光热线”当然是要由白月光来主持才是完整的“月光热线”嘛，你都不在，任何人代班也都不是月光，所以啊，我就自作主张把你的节目名称改成了“夜晚热线”。虽然这个名字比起“月光热线”是俗气了一点，但是“夜晚热线”嘛，就是任何一个人，只要在夜晚都可以接这个热线啦，你说对么？

这，是白月光万万没有想到的。她完全不知道该怎么回答一直看着她的脸，似乎是在等待她给出答案的李倩。于是她也端起了那个杯子，喝了一口茶，居然还开了一下小差想：这个茶该不会有毒吧？想完之后又觉得自己太可笑了，于是竟然又微笑了起来。

坐在她对面的李倩看到她的笑容，后脊背都开始发冷了。她早就耳闻到白月光的古怪，但是没有想到她是一个如此厉害的角色，当然她也不会以为自己会输给她。

那么，白月光放下了手里的杯子：我现在回来了，已经可以开始重新上节目了。

她没有再多说下去，但是意思已经很明显了：“月光热线”还是我的，必须改回来，无论是主持人还是节目名字。

李倩似乎一早准备好她会这么说：是这样啊，因为我上任的时候你还没有回来，所以我们已经进行过了一次节目改版，所有的新节目都是试运行阶段，我认为你也知道，一套新的节目开始运行之后，不适合短期之内有大的改动，所以我的建议是……她又一次停下，从桌面上拿起一个文件夹递给白月光：你看看，这是台里新的节目表，我的建议是，新节目最好半年之内不要有什么改动，以免引起听众的不适应和反感。

白月光没有接她手里的文件夹，直接问：那么你的意思是，“月光热线”就叫“夜晚热线”，主持人也不再是我？

李倩拿着文件的手停在半空，看对方没有接过去的意思，有点尴尬地收了回去，然后清了清嗓子接着说：我的意思是，你和现在这个主持人，一人三天。你也做了那么多年的夜班，多辛苦啊，估计都没有什么时间陪男朋友，趁这个机会，多出三个晚上，好好休息一下，等下一次改版的时候，我们再议。你看我的意见你能接受么？

如果我不能接受呢？白月光的脾气已经上来了，完全没有之前的温和，语调开始变得冰冷。

对方也一样，停下了手里所有的小动作：如果你不能接受……她没有再说下去，只是耸了耸肩，摊开了双手。那个意思已经再明白不过了：你不接受的话，只好请你另谋高就了。

好吧。白月光不想和她再废话下去，站了起来，回头从沙发上拿起包。准备出去了。

身后的李倩急了：你还没回答我呢？！

已经走到门口的白月光回过头来，又露出了她那似笑非笑的表情：那还用说，一切听您的安排。说完，打开门走了出去，同时不忘记有礼貌地说一句：您忙吧李总。并且轻轻地带上了房间门。

李倩顿时瘫坐在椅子上，紧张了很久的表情瞬间松弛了下来，露出了中年妇女的憔悴。其实，这一场对话在她心里已经演习过无数次，她以为自己计划得天衣无缝，按照白月光的性格，她一定不会接受这样的条件，在她看来无疑等于是一种侮辱：自己辛辛苦苦培养起来的品牌，因为父亲去世办了个丧事，回来之后节目就易主了。而且，主任的职位也被人夺走了一半，况且，一个稍微聪明一点的女人，都不会接受自己男友的前妻成为顶头上司。所以李倩一早认为，这场谈话的结果就是白月光自己主动要求调职，按照她在台里的资历，一定有的是频道想要她，在李倩的抽屉里甚至有一张空白的调职表格等着白月光，但是，但是……她怎么就那么爽快地答应了呢？这不是白月光的风格啊？

李倩对白月光的感情很奇怪。说是眼中钉肉中刺吧，也没有那么严重。毕竟她和马澍的婚姻和这个女人一点关系都没有，早在白月光还没有进入电台的时候，她和马澍的婚姻就已经结束了。但是当耳闻前夫的新女友还是电台的主持人，而且是一个眼看着名气越来越大的黄毛丫头，并且是由自己的前夫一手提拔起来的，作为一个女人，她还是有点气不打一处来。所以当初总台决定让她接任新闻台的总监的时候，她很是挣扎了一番。但是如果不答应的话，等于白白葬送这一次的升迁机会，为这么个小丫头放弃这个位置，未免有点太划不来，再说，要真是害怕，怕的应该是她白月光而不是自己啊。

但是，让她直接对着自己工作，朝夕相处，未免又有点太不合适，所以想来想去最好的方式就是调走她。但是如果太明目张胆，外人的闲话就会说得更厉害：说她这个总监眼里容不下人，尤其是“前朝”的红人，再加上她和白月光以及马澍之间微妙的关系……要面子的李倩实在不知道该怎么处理这个烫手的山芋，最好的办法就是让白月光自己知难而退，到时候说起来，是她自己要调走的，是她自己觉得要避嫌，不关任何人的事，和我李倩更没什么关系。

如意算盘打得噼里啪啦，结果就被白月光一个轻松的笑容全毁掉了。李倩拿起杯子的手都开始发抖。

她想了想，拿起桌上的电话拨出去，对方是马澍。她劈头盖脸就问：你的宝贝女友今天回来上班了你知道吗？

对方听到是她的声音，愣了一下：不知道。

你装什么糊涂？

我真的不知道。她休假的这两个星期，根本没和我联系。电话不接，短信不回，家里也没人。

马澍的声音听上去苦恼极了，其实他也是自己调走之后才知道，接替他工作的居然是自己的前妻，所以他一直在找白月光，想把这个消息告诉她，但是白月光就好像人间蒸发了一样，怎么也联系不上。

李倩知道马澍这个时候说谎没有意义，叹了口气又问：都是你干的好事，那你说说，我要把这个姑奶奶怎么办？

马澍也叹了口气：我能让你把她怎么办？

李倩当然不会蠢到告诉马澍她对白月光的安排，从马澍的口气看来，白月光几乎根本不把他放在眼里，未必什么事情都会找他商量，当然也未必会听他的，但是这个时候，只有试试看，死马当成活马医了。于是她说：你就不能劝劝她吗？

马澍一头水：劝什么？怎么劝？

李倩真想骂人：你觉得台里看热闹笑话的人还少么？你就不能劝劝她让她调去别的频道么？或者干脆别干了，回家给你当少奶奶好了！

马澍“哼”了一声：你别做梦了，她会听我的么？

马总，李倩换了一种口气：你可真有本事啊，连个下属女友都管不住，你这个台长男友怎么当的啊？

我说，马澍的话也难听起来：这是你要操心的事么？轮得到你管么？

好好好，我不管，我管不着。但是我提醒你别忘记，你的小心肝儿现在在我手里呢，别的我管不着，工作上我可管得着她。

马澍又冷笑了一声：你管啊。我还提醒你，白月光在听众心中分量不是一般，你动她试试看，回头名牌节目出了差错，看看是谁不好和总台交代。

李倩早料到对方会这么说，她当然也不会和马澍交代解释，白月光很久以来已经开始在糊弄节目，要是真上报到总台，吃不了兜着走的一定是白月光甚至是他马澍这个前领导，所以她只是狠呆呆地丢一下一句话：那我们走着瞧。然后狠狠地摔了电话。

其实接这个电话的时候，马澍正在给新频率的员工开会，他看到前妻的号码，就躲回到了自己的办公室。打完电话后，本来想回去接着开会的，想想又不放心，赶紧继续拿起电话打给白月光。没想到的是，这一次，白月光居然接了他的电话。

你在哪儿啊？怎么这么长时间不接我的电话啊？急死了。

对方的声音还是淡淡的：哦，你啊，怎么了急死谁了？

这种时候你还有心思开玩笑？你知不知道你现在的上司是谁啊？

白月光在电话那端笑了：你说是谁呢？亲爱的……

马澍听到这句话，彻底颓了：你已经见过她了。

对啊。怎么？

她没刁难你吧？马澍小心翼翼。

没啊，白月光的口气听上去一点也不像在说谎。

月光啊，这个女人不会放过你的，你听我说……

你听我说，白月光打断他：她能把我怎么样啊？别说得那么难听，一日夫妻百日恩呢马老师，什么放过不放过的，我和她又没有杀父之仇夺夫之恨，干吗人家要不放过我啊，吃饱了没事干啊？

你……马澍不知道该怎么接她的话了。

哦对，白月光在电话那边忽然想起什么似的：你是她前夫来着，我怎么给忘了？嗨，那就算夺前夫之恨吧。那又怎么样，你觉得你前妻会把我怎么样啊？

月光。马澍的语气忽然变了：我们结婚好不好？

马总，你睡糊涂了吧？

月光，我是和你说真的。我们马上登记结婚。这样就不会有人敢欺负你了。

哈哈哈哈……电话那端传来一阵大笑。马澍拿着电话，也不明白自己到底说了什么可笑的事情让白月光笑成这样，听上去都快断气了。

过了好一会儿，他听到白月光在电话那头说：你真的以为我们结婚了就没有人可以欺负我啦？你真是童话故事看多了吧马总，还以为自己是骑着白马拯救公主的王子呢吧？

你……马澍忍着火：那你说，要怎么办？

什么怎么办啊？该怎么办就怎么办啊。

月光啊，那个人是我前妻啊，你到底明不明白？

马澍，白月光的语气听上去很疲倦：你做你的总监，她做她的总监，我做我的主持人，就是这么简单，有什么怎么办啊。你前妻怎么了，你前妻会咬人啊？

你以为她不会咬你么？马澍怎么也理解不了白月光到底是怎么想的。

哈哈哈，白月光又笑了：就算她会咬人好了，不过人家未必会咬我，说不定还嫌我腥呢。

你！马澍再一次被白月光气得不知道要怎么说话。

好了好了，你好好上你的班，回头我再找你，这会儿忙着呢。知道你怕我受欺负，但是马澍啊，你认识我那么久，你真以为我那么好欺负么？

那是，你是一个不好欺负的主儿。

那就行了，我挂了，回头再说。

喂喂喂……马澍还想再说点什么，可是白月光已经果断地挂掉了电话。

而其实，从李倩的办公室出来，一直到接完马澍这个电话，白月光都坐在电台顶楼那个空旷的大阳台上抽烟。她想不到还有什么地方可以去，还有什么人可以明白这个时候她的心情。不过，也就是在这个时候，白月光已经想清楚了接下来要做的事情。虽然之前她一直在准备，但似乎一直也没有迎来完全准备好的那一天，但这个下午，白月光忽然有预感：那一天，要到了。即使没有真的准备好，也不能再等下去了，或者连老天爷都知道她的打算，如果让她这样一直准备下去，估计永远也没有真正准备好的那一日，于是干脆替她选了个“良辰吉日”。

6

白月光用钥匙开我家门时，我正在厨房煮面。看到她进来，我一点也没有吃惊：你今晚又不想上节目了？

嗯。她低着头换鞋，没有看我。

我马上意识到好像有什么不对劲的地方：怎么了，你不舒服？

她抬起头，看看我：在煮面？

我点点头，不敢说话，发现月光好像非常疲倦的样子：你到底怎么了？不是说今天开始销假上班的么？

她看看我，似乎不知道该怎么和我说，咧了咧嘴角：给我也煮一碗吧。我晚上没吃饭。

我马上把手里的那碗递给她，然后坐在沙发上，等待她开口。

月光看着我的表情，似乎知道我的担心。她也在沙发上坐下来，伸了个懒腰：郁郁，以后啊，我每个星期至少有三个晚上可以在家吃你煮的面了，你要把手艺练好一点。

啊？我愣了：怎么回事怎么回事？你别让我着急了，你快点告诉我啊。

她冷笑了一下：那还不明白么？我有三个晚上不用去上节目了。

为什么啊？

因为台里安排了一个新主持人，和我轮流。

啊？！我更吃惊了：你们这个新老板有病吧？谁能代替你做“月光热线”啊？

嗯，她又咧了咧嘴：以后这个节目不叫做“月光热线”了，叫做“夜晚热线”，也就是说，谁都可以做喽。

我这下子连“啊”都不会了，呆呆地看着她。

怎么？月光看我不说话：你也想试试做这个节目？

哎呀，姑奶奶，你这个时候还有心思逗我，怎么回事啊？你快告诉我啊？

不是和你说了么，一人三天，节目叫“夜晚热线”，哈哈哈。说完，白月光自己咯咯笑起来。

我想了一下：你们这个新领导，过去和你有过节吧？

没有。

不可能。

真的没有。

不可能，我不相信。你一定得罪过她。

我真的没有得罪她。得罪她的人，是马澍。

啊？马澍？我又被吓了一跳，他不是已经调走了么？井水不犯河水啊，犯得着还要和你过不去么？就算……我看了看月光，忽然停住了。

就算什么？她看着我。

就算……我鼓起勇气说：就算这个领导知道你和马澍是一对

儿，也没有必要这么对你吧？有那么大的仇恨么？

有啊……白月光拉长了声音回答我：这个新领导，是咱们马澍，马总，马大爷的前妻……

你说什么？我虽然听到白月光字正腔圆的话，但是一时之间还是无法把这个混乱的关系想清楚。

白月光根本不想再重复，开始端起碗来吃面。

唉唉唉，你别吃。我把她手里的碗夺下来：你和我说说清楚这到底是怎么回事？

白月光看看我，叹了口气，看得出她今天被打击得够呛，伤了元气，已经没有和我斗嘴的力气了：我难道说得还不够清楚么？

你从来也没有告诉我马澍离过婚啊？你什么时候知道的？

很早。

早到什么时候？

月光摆摆手：好了好了，我告诉你，就是那年我冲进他办公室砸碎了他的玻璃，那时候我就知道了。

那你这么多年还和他在一起？那时候他离婚了么？

离了。我进入电台的时候就离了。

那个女人一直在你们电台？

对。他俩最开始似乎是同事来的，后来结婚了，分开部门，后来离了。虽然也还是在不同部门，但是都在我们电台工作。

听到这里，我才总算明白白月光为什么这么多年一直不肯公开和马澍的关系。

我小心翼翼地问她：这个女人为难你了？

月光抬起头：陈郁郁，你没有那么白痴吧？我的节目都被人改头换面并且拿走一半了，你说她有没有为难我？

是啊，她刚刚才告诉我的，但是说实话我已经被这个消息雷昏了头。勉强整理一下思路，我又问：马澍知道么？

月光皱了一下眉头：我不关心他知不知道。就算他知道，也解决不了什么问题。

那，我更加小心翼翼了：你打算怎么解决这个问题？

郁郁，月光看着我：如果换作是你，你会怎么解决这个问题？

我？我不假思索地回答：调走，换频道，不要再看到这个女人。

白月光的嘴角翘了一下：我就知道你会这么做，所以说，你不是我。

晕，那么你的意思是，你不走？

白月光没有正面回答我的问题，说了一句：如果我按照你们每一个人想的那样做，我还是白月光么？我干脆变成太阳光好了。

说完这句话，她又端起碗吃饭，吃着吃着忽然又想起什么似的对我说：奇怪了，今儿星期四的啊，我特意回了一下自己的办公桌，没看到我的爆米花啊？难道听众也知道我被炒了一半鱿鱼？

我看着月光无辜的样子，心里绞痛起来，犹豫着是不是应该在这个时候雪上加霜一般告诉她真相。

她看我不说话，又低下头去吃面，但是只吃了一口，又停下了：郁郁，有什么事情是你知道的，而我不知道的么？

我想自己当时脸上都写着“心虚”两个字。是的，聪明过人的白月光已经从我的沉默里看出了异样。但是我还是不知道该不该说，或者我不知道该怎么说，以及：她听到了之后会有什么样的反应。

陈郁郁，白月光连名带姓又叫了我一声：告诉我，什么事？

我很清楚我不可能编出任何的谎话，也明白一定要告诉她。于是我只好用最简单直接的方式说：月光，那些爆米花，所有的爆米花，都是你爸爸送的。

白月光没有说话，也没有表示出惊讶的神色，只是用筷子搅拌她碗里的面条。我不知道她在想什么，和这些年来每一次一样，我永远不知道她在想什么。所以我又说：他一直在听你的节目。

白月光还是没有说话，又搅拌了一下面条，继续吃起来，不再看我。

月光，轮到我急了：你给点反应好不好？

她再一次停下筷子：你想让我给你什么反应？追问来龙去脉？指责你为什么不一早告诉我？还是痛哭一场表示哀悼？

我闭上了眼睛，完全不知道怎么回答她，我甚至已经想要哭了。

月光看着我：其实，我早应该料到。说完这句话，她居然笑了：下次去看他的时候，你要记得提醒我，也买份爆米花去祭拜他。之后月光又开始吃面，再也不理我了。

正在这个时候，我的电话响了。是那熟悉的小熊耳环的头像在手机上闪动。我犹豫了一下，还是接起来了，我想听听她会说什么。到底，她还是月光的导播。很多月光不愿意告诉我的话，也许从小熊那里能够知道一二。

你干吗呢？是她习惯的开场白。

在家呢啊，准备写作。我当着月光的面回答了这一句，然后开始往厨房走。

能出来不？

现在？

对啊。

你不上班?

月光姐今晚不上班，我当然也不上班了。

听到这句话，我明白白月光今晚和我说的话，的确属实。说实话，我很想很想出去，从小熊那里得知一点什么消息。但是看着今天晚上的白月光，我实在很犹豫，不知道该不该把她一个人留在家里。于是我说：这样吧，你告诉我你在哪儿，我等会儿看情况去找你，但是现在没办法说死时间。

好。小熊说：我在酒吧，老地方，无论如何等你来，几点都成。说完就挂了电话。

我又一次感到很奇怪，今天晚上好像所有的人都不太对劲儿。

从厨房里走出来，白月光已经吃完了面，正在喝我泡给她的柠檬水。她看着我：怎么，有事?

呃……我支吾着，还在犹豫该不该出去。而这一切，好像都被有阅心术的白月光看出来了。

是不是有什么事情啊? 怎么了?

是这样的，我一个朋友，家里出了点急事，想让我过去帮帮忙。

那去啊。她很快地回答。

但是……我不放心你啊。

我有什么好不放心的，我又没什么急事。再说，我的事刚都不是和你说了么，现在急也急不来，你该干吗就干吗去吧，别担心我。

你真的没事? 我还是有点不太放心。

真的没事。白月光好脾气地笑了：我又不是三岁小孩子，什么事没见过啊，况且我也确实想一个人静一静，想想该怎么办。你去吧，没关系的。

听她说想静一静，我好像就真的为自己找到了一个借口：那我出去啦。你自己小心点，有什么事情的话随时给我打电话啊。

知道啦，啰嗦，快去吧。月光催我。

我穿好外套换好鞋子，拿起钥匙，慢悠悠地在观察她，她一直坐在沙发上看着天花板，好像已经感觉不到我的存在了。我知道这时候的白月光已经进入了她自己的世界，就算这个时候我留在她的身边，她也不会理我。想到这里，我就轻手轻脚拉开门，走了。

在楼下等出租车的时候，我忽然想到一个问题：我刚才和白月光说，一个朋友家里有点急事……这个谎说得好像有点问题啊，白月光一向是知道我没什么朋友的，而且她居然也没有多问我……但转念再一想，她今天经历的事情已经够她烦了，哪里还意识到我说的话。想到这里，我才稍微有点放心。

到了酒吧，我很容易在昏暗的灯光下发现了小熊，因为她永远是穿着低腰裤，趴在桌子上的时候，就会露出半个雪白的屁股给所有人看。

我上前拍了拍她露在外面的腰：怎么了？又喝多了？

她抬起头看着我：这么快就来了？不需要把月光姐安排好？

你怎么知道我们在一起？

她不上班，叫你又叫不出来，你们俩不是在一起还能是什么？

虽然她说得合情合理，但大概还是我的心虚吧，我没接她的话：怎么了，找我啥事啊？你又喝多啦？

没啊，你看。她晃了晃手里的杯子，居然是可乐。

那非要我今晚出来，怎么了？又没钱花啦？

郁郁，小熊看着我：我们在一起多久了？

我皱了一下眉头，虽然我也是个女人，但是说实话，我很怕听到女人用这样的话作为开场白，一般情况下，接下来的都不是什么好话。

太久了，不记得了。说完我招手叫来一个服务员：给我半打啤酒。

我今晚不想喝酒。

你不喝我喝啊。我觉得小熊估计是因为月光少做半星期的节目，要直接影响她的收入，所以今天晚上才特别不高兴，要找我撒撒娇。

那好，你喝吧，我也觉得你今晚应该喝点酒。

为什么啊？我看着小熊，越来越觉得她有点奇怪了。

因为你要喝点酒，压压惊。

什么意思？我警惕起来。

郁郁，她伸出手来摸摸我脸上的疤痕，我看到她居然在流泪：郁郁，和你在一起，我越来越觉得孤独了。

我的天，我心想，又冒出一个孤独的人：到底怎么了？谁欺负你了？

我说我和你在一起越来越孤独了，你说是谁欺负我了呢？

小熊，你也知道，月光家里刚刚处理完丧事，这几个星期我也一直在替她忙这个事情，所以一直也没时间找你，你别生气啊。我试着哄她。

郁郁，我一直以为你是可以给我幸福的。我一直希望你能宠着我，让我过简单快乐的日子，不过现在看来所有的一切都不是这样。我认为我对你的爱，是不计较回报和结果的，甚至是给你很多自由空间的，但是一直我都是这样做的，可是，我在你这里，感觉不到幸福了。

你到底要说什么啊？我的眉头越皱越紧：有什么话你就直截了

当说，不要铺垫这么多了。

郁郁，咱们分手吧。

神经病啊你……我一把打开她的手，虽然这个时候我已经确定发生了什么事，我想，是不是这个姑娘看上了别的人。

我没神经，你才神经。她用那只被我打开的手，轻轻地抹去脸上的泪。

你怎么了？到底怎么了？告诉我！

小熊没有直接回答我，而是接过酒保递过来的瓶子，给我倒满，举起来递给我。我接过来，一饮而尽：你现在可以说了。

郁郁，我干了一件坏事，想要告诉你。你要做好准备。

我皱了一下眉头，等着听下文。

我出卖了月光姐。小熊很平静地说，然后停下了，看着我。

什么？你出卖了她？

对。我告诉我们台的那个新领导，白月光仗着自己是节目部主任，经常无故不来上节目，而且打碟，一放音乐就是那些歌，从来都不换，至少有半年都是这样。

你？！我从凳子上跳了下来：你疯了你？你为什么啊？你这么做对你有什么好处啊你？你这样做你会害死月光的！

怎么，你很紧张月光？

我简直快被眼前这个女人气疯了，难怪月光今天的情绪变成那样，我就想嘛，一个新领导就算是马谢的前妻，白月光也不至于担心成那样，但是如果是节目上出了问题，无论是谁都保不住她啊。

你为什么要这么做啊？我还是继续追问小熊。

因为我恨她。

我闭了一下眼睛：你今天吃错药了吧？

我没有，吃错药的人是你，是你是你是你！

小熊喊起来。周围的人都看向我们这两个人。

我揽住她的肩膀：你到底怎么了？你好好告诉我，出什么事了？

陈郁郁。小熊很少这样连名带姓地叫我：你可真能装啊，你怎么不去当演员啊？

我怎么了我？我还是一头雾水。

哈哈哈。小熊忽然笑了：你到底要骗我骗到什么时候去？

我骗你什么了？尽管这个时候，我已经隐约预感到了些什么。

陈郁郁，其实你多少年来，一心一意爱着的，是白月光，根本不是我。你千方百计把我安排在她的身边，就是为了让我多一点告诉你她的事情，陈郁郁，你可真有两下子啊……

我承认，我当时整个人都僵硬了。大概花了很长时间，才慢慢坐回到椅子上，并且真的是要喝点酒才能压压惊：你怎么知道的？

你承认了？

我叹了口气，看着眼前这个和我在一起好几年的女孩子。我太了解单纯的她了，她就是那种心里藏不住话的人，她遇到什么问题，一定会说出来，所以她一定是知道了这件事才会这样说的，绝对不会无缘无故拿这个事情来吓唬或者试探我，所以这个时候若是狡辩，实在是没多大意义。

于是我没有回答她，只是接着问：你是怎么知道的，能告诉我么？

你先承认，是不是真的？！

我又喝了一杯，然后又把酒杯倒满：是的。说完抬起头看着她。

小熊的眼泪又下来了：那天，月光姐爸爸的葬礼，你让我帮你拿着包，我在旁边越等越无聊，从你包里翻出你的手机。本来是想找游戏玩的，但是，就算是我好奇吧，我打开了你的信息，看到了很多你过去存在手机里的话。

我听到这里，闭上了眼睛。

没错，我的手机。我的手机里存了许多短信。不是谁发给我的，也不是我发给谁的。而是有时候，白月光不在我的身边，或者我非常想念她的时候，自己写给自己的一些话，一些想对她表达的感情——一些充满深深爱意却永远也说不出口的话。

你都看到了?

对。

所以要分手?

郁郁，你骗了我这么多年。你说月光姐是你的闺密，我都信你，你们几乎每一天都在一起，甚至同吃同住，我都没有怀疑过你。我那么信任你，你却这样对待我，你是不是人啊?

我沉默。因为我不知道我该怎么解释。况且，我也确实没什么好解释的。我就是爱着月光，比任何人都要爱她，而她，爱着别人，别的男人。而不是我这个丑陋的女人。

所以，你用你知道的月光工作上的事情，去报复她?

对。小熊一点也不怕我。

月光是无辜的，你不明白么?

看，到这个时候，你还是把她放在第一位。小熊的脸上闪过更加绝望的表情。

小熊，我再说一次，我们俩的事，是我们俩的事，你不要拉别人下水。

难道白月光在工作上没错么?

那你也不应该用这种方法报私仇啊。再说一次，我们俩的事情她从头到尾都不知道，她是无辜的。

哼。小熊冷笑了一声：她知道了。

什么？你再说一次？我仿佛真的没有听清楚。

她知道了，她什么都知道了。

不可能。这是我今天晚上第三次也是最严重一次听到这种五雷轰顶的话。

她真的知道了，在你来之前，我给她打了电话。什么都告诉她了。

我想都没想，伸出手，照着小熊的脸蛋就是一巴掌，她的耳环应声落地。眼睛里却没有了泪水。

陈郁郁，你够狠。她弯腰捡起自己的耳环，丢下这一句话，踢翻了凳子，走掉了。走了一半，又折回来瞪着我：忘记告诉你白月光听了我们的故事之后的反应了，月光姐好样的，就说了一句，“行，我知道了，你们好好玩吧”。陈郁郁，你就是把心挖出来给白月光炖了吃，也没有用。她不在乎你，不在乎你，不在乎你，哈哈哈哈……小熊像报了巨大的仇一般狂笑着扬长而去。

我还坐在原地，不知道接下来要怎么办。于是只好机械地一杯接一杯地喝酒。直到这个时候我才发现，当一个人听到太震撼的消息，或者一下子被很多事情刺激到神经，脑子里是不会有任何念头的，就是什么也想不起来，什么也想不到，就是那样傻傻的，一直坐着，保持表面上非常冷静的样子。

我就在这样的状态里，一直坐到喝光了所有的酒。一直坐到打烊，酒吧的人来让我结账。我才晕晕乎乎地出门，这时候才发现，天都蒙蒙亮了。我站在酒吧门口，好半天才有了第一个思维：我不是应该回家？

于是我伸手招来一辆出租车，说了地址，然后靠在玻璃窗上继续发呆，这时候想起来第二件事：月光，白月光今天晚上在我家。在我出门之后，她已经知道了这件事，而我完全不知道小熊是怎么和她说的，而她又为什么会是那么简单的反应？她是不想让小熊看热闹所以假装无所谓呢，还是她挂了电话才崩溃了？……我什么都想象不到。应该说，我不会想了，不敢想下去。生平第一次，我明白了那句话：该怎么样，就只能怎么样了。

到了家，我用钥匙开了门，很轻。蹑手蹑脚地换了鞋，走到白月光的门口，犹豫了一下，还是打开了门，发现她早已经关灯睡觉了，而且睡得很沉，我能听到她非常踏实均匀的呼吸声。我站在门口看了她足足一分钟，她都没有任何动静，于是我替她关上房间门。回到自己的房间，整个身子蜷缩在床上，抱着头，依旧无法集中自己的注意力，甚至不能思考，明天，我将如何面对自己的人生。如果给我许一个心愿，我真的希望，下一个小时，地球毁灭。

SIX

嘉宁：

我想念你。

现在我每天都必须给你写信，有时候我知道是写完就会撕毁的，但是我还是不断写，写很多很多很多，仿佛只有这样才能稍微平静一点。很多信里的很多字，很偏执的情绪和做法对么？我喜欢在白纸黑字上写字，白色的纸张上写满黑色墨水的字是那么的好看，还有笔尖在纸上划过的顺畅的感受，这算不算也是强迫症的一种呢？

嘉宁，我的心里住了一个神。隔三差五我会和神对话。把我心里想不明白的事情告诉神。神总是不回答我。神双手插在口袋里，无论多冷都穿得很单薄。神只静静地看着我。一言不发。看碎了我所有的忧伤。每天晚上出门之后第一件事，就是抬头寻找天上的星星，即使是阴天也不忘记抬头仔细找一找，我觉得那些星星很像神的眼睛。

我一直记得，离开学校的那天晚上，我拉着自己小小的箱子赶去火车站，抬头的时候也是发现天上有很多星星。你说如果星星有眼睛有记忆，会不会认得我？记得我们曾经在星空下唱过的歌，许过的誓言？

我知道我辜负了你，违背了所有的誓言。不，不是所有的，有一个小小的诺言，一直到今天我依然遵守着，那就是：我爱你。我知道没有任何解释和说明的离开，在许多年来带给你的伤害，我不知道有多大，但是这种伤害，也一直没有放过我。

我从来也没有对你说过，在校长室，在你爸爸的办公室，我见过一个女孩子，烫着非常洋气的头发，精致到我几乎要忍不住去打听一下是出自哪个发型师的手艺了。还有她的神情，那般可爱单纯，却又很自然散发出一种大家闺秀的气质。我从来没有见过一个女孩子能把粉红色穿得那么好看，过去我一直觉得只有花朵才配拥有粉红色，但是她的粉红，竟然比一朵鲜花还要娇嫩天真，我马上意识到自己身上的牛仔裤至少已经有三个星期没有换洗了。

可是，并没有人理会我这种突如其来的感受，因为我只是一个学生，去给校长交一份报告，而她，斜坐在沙发的一角，在细声细气给什么人打着电话，严校长看着她的神情就仿佛是在看着自己的女儿一般，之后她挂了电话，对校长说：我爸妈说今晚吃了饭，还要和您打上几圈才行。

严校长哈哈笑了，然后又收起了笑容看着我，我马上就明白了自己的多余，于是迅速放下手里的报告，几乎是缩着肩膀走出了他的办公室，但是就在我关上门的瞬间，我听到了一句话，我是多么愿意用自己拥有的全部去换回十秒钟，如果提前离开十秒钟，我就不会听到那个娇柔的声音说：嘉宁说他今晚会稍微晚到一点，他加班走不开……

就是这样的一句话，让我明白了一切。这个女孩子，就是你家里公认的未来儿媳。而那个晚上，你所谓的加班，其实就是陪我吃晚饭。嘉宁，一个晚上吃两顿晚饭，你不会撑么？

那个晚上，你陪我去吃我家乡的特产酸菜鱼，我装得很饿的样子拼命和你抢东西吃，因为我知道，等一会儿还有一顿大餐在等着你。而在吃那些我已经尝不出味道的食物的时候，我一直在想，如果我是你的家人，你的妈妈或者姐妹，甚至是好朋友，我都会觉得，这个粉红色的女孩子，才是你妻子的最佳人选。她会对你唯命是从，会给你生儿育女，会留在家里相夫教子，会在你所有的朋友面前做一个听话的、小鸟依人的严太太。她，会给你平淡真实幸福的生活。她一定可以做到。而我——伤痕累累的我，一个对家庭完全没有概念、没有责任心的我，只会在未来的日子里给你增加更多的、无数的烦恼。

如果把争夺你比喻成一场战争，那么她就是我的情敌。可是嘉宁啊，她根本不是我的对手，我还没有用任何的所谓手段，你的心就已经完全属于我了。那么这样的战争有必要么？

我已经赢了，赢了你的心。我不想要更多的东西了。足够了。你的人，留给你的粉红女郎，留给你完美的家庭吧。

嘉宁，有时候，看着自己最爱的东西，或者人，而不去占有他本身，我想大概也是一种成长，你说呢？至于这个成长要付出多少代价，让我自己慢慢去承担吧。

嘉宁，你现在幸福么？

月光

从来不解释不说明也很少发泄的月光，
她唯一想到的念头，
就是离开，
离开我，
我们，
以及这种生活。
所以她走了。
走得那么干脆，
她才懂得“离开”的真谛。

G

这一天的下午，阳光好得用“明媚”两个字来形容实在太苍白了。白月光的脸色在这样的阳光下更加显得苍白毫无血色，那是因为她常年晒不到太阳的缘故。她一直睡到下午三点，醒了之后看了一下手机上的时间显示，发现有两条短信，分别是马澍和陈郁郁在半个小时前和四十五分钟前发来的，内容都大同小异：你起床了么？她没有回复，关了手机继续睡，但是十五分钟后她听到有人敲她的房间门，是陈郁郁：月光，月光你醒了么？月光……

她在房间里答应了一声：就起来了。然后开了手机，坐了起来，揉了揉头发，翻身下床开了门，陈郁郁一直站在门口：今天怎么睡这么久？我还给你发短信来的。

哦，月光的手机就拿在手里：我刚才开机看到。怎么了？

陈郁郁注视着她的脸：你睡了那么久，我觉得你该起来吃点东西了。

好。白月光回答很简洁：你等我一会儿，我收拾一下。

陈郁郁依旧注视着她，没有说话，只是目光一直没有离开过她的脸，她的头发，她身上穿的睡衣，然后目光再越过她的人，看向房间里。似乎在寻找什么和往常不一样的东西。

白月光似乎没有发现她的注视，把手机放在房间的桌子上，钻进了洗手间，不一会儿洗手间里传出阵阵水声。

陈郁郁一直注视到白月光进了洗手间，听到了水声，然后快跑两步从桌上拿起了白月光的手机，先翻到短信一栏，看到里面最新的短信是她和马澍发来的，而发件箱里空无一条内容。然后就再也没有其他的短信了。她想了一下，再翻开通话记录，居然也是空的，什么都没有，没有打出电话，也没有打进电话，更没有未接来电。陈郁郁长长叹了一口气，迅速把手机放回到原来的地方，走出了白月光的房间，她知道在此之前，白月光已经删掉了最近几日她所有的通话记录，一点痕迹都没有留下。

白月光在洗手间里大概待了快半个小时，出来的时候头发是湿的，很明显她洗了一个长长的澡。陈郁郁已经穿戴整齐坐在沙发上：这么久啊？

昨天太累了没洗澡就睡觉了。

对啊，我昨天晚上回来的时候本来还想问问你，结果看你睡得那么香，就没吵你了。

白月光回头看着她：问我什么？

问你有没有事啊？

白月光一边往脸上涂护肤品，一边回答说：天大的事情也要先睡觉对吧？

你真能睡着？陈郁郁不相信地反问。

月光轻轻叹了一口气，轻到几乎听不出来：我有药啊，没事的时候我也是靠药睡觉，有事的时候啊，就觉得这个世界上，人类最伟大的发明就是安眠药啦。

月光，陈郁郁又在她身后问：你真的没事？

白月光没有回答她的问题，说起了另外不相干的事情：两年前我们台一个不靠谱的长辈做过一件不靠谱的事情，不知道哪根神经不对，想起替我相亲，结果我实在是盛情难却去见了一面。说到这里，她忽然停下不说了。

陈郁郁没想到她还真有相亲这种经历，马上追着问：后来呢后来呢？

后来？白月光没有停下手里的动作，继续又说：后来我就肿着一张脸去了，那男的估计也是紧张，一上来就没话找话地问：你昨晚没休息好吧？我就说我神经衰弱，都是靠药物睡眠的。结果人家也不会哪怕装着关心询问一下，直接就很得意地告诉我说，他每天晚上一沾到枕头就能睡着。我一听，也只好没话找话继续说：我啊，现在的人生理想就是每天晚上能睡着觉。结果你猜对方说什么？白月光停下了往脸上抹东西，回头看着陈郁郁。

什么？

对方一本正经想了一下，然后皱着眉头说：你怎么能把睡觉这件事上升到理想的高度呢？我们的人生理想不应该是一些更崇高的东西么？！

哈哈哈哈……说完这句话，白月光和陈郁郁两个人都大笑了起来。

这次不靠谱的相亲完全没有下文，估计唯一的作用，那个男孩子一辈子也不会知道，在今天这样一个日子，这几句对话，会成为陈郁郁和白月光之间的，最后一次开怀大笑。

白月光做完了一整套护肤的程序，穿上外套，没有拿背包，从房间里走出来，没有回头，轻轻带上了房间门，然后走到鞋柜前，找出那双她一直很喜欢的，穿了许多年的绣花鞋，套在脚上，认真系好扣带，和往常出门前的任何一个环节都一模一样。然后直起身子，看着陈郁郁：走吧。

当她在做这所有的动作的时候，陈郁郁的目光其实一直没有离开过她。她心里其实一直在想：为什么她这么平静呢？为什么和过去的每一天都一样呢？按道理说她不应该一点变化都没有啊，如果小熊真的给她打过电话，她多少该和往常有一点点的不同吧？为什么我一点都看不出来呢？难道说小熊昨晚是骗我的？

白月光看陈郁郁有点发愣，有点奇怪地看看她：你怎么了？

哦，没什么，就是觉得你有点奇怪。

我奇怪？白月光看了看自己的打扮，又摸了摸自己的头发：我哪里奇怪了？我觉得你奇怪才是真的。

没有啦。陈郁郁解释道：台里出了这么大的变化，你居然一点反应都没有，所以我觉得你奇怪嘛。

白月光好像知道她会这么说一样，迅速回答：刚才不是和你说了么，出了天大的事情也要睡觉嘛，而且，还得吃饭，对吧？

陈郁郁看她这么说，一时间也不知道该怎么回答，只好笑笑：那走吧。

白月光又看看陈郁郁：你不用带包了吧，我们下楼吃点东西就马上上来，今天我不想出去呢。

陈郁郁没有异议：你身上有钱？

白月光没有回答，拍了拍牛仔裤兜，表示钱包在里面。

和往常一样，白月光用钥匙锁门，陈郁郁慢悠悠地下楼。然后两个人在楼下边走边商量去什么地方吃饭。已经下午四点了，很少有正常营业的饭馆在这个时候还开着门，所以陈郁郁问：月光你想吃什么？

白月光瘪了一下嘴：吃点简单的，反正还要吃晚饭，要不咱们就近的麦当劳吧？

好啊。陈郁郁回答得很快，因为对于这个下午的她来说，吃什么干什么都不重要。她只是要一直跟着白月光，内心不安但表面要毫无任何变化等待着，甚至是有点期待着，接下来将会发生什么事情。

到了麦当劳，两人站在柜台前，白月光问身后的陈郁郁：吃什么？

陈郁郁没有回答她，只是低着头翻自己的衣服：糟了，你不让我带包出来，我连手机都没有带。

没带就没带嘛，吃完马上就回去了。白月光一点着急的样子都没有，又问了一次：吃什么？

辣鸡腿汉堡，可乐。

好，那你去找地方坐吧。说完转过身对着柜台里的服务生说：麦辣鸡腿汉堡套餐，两份。

当她端着盘子找到陈郁郁的时候，发现她还在翻自己的口袋，嘴里似乎还在自言自语着什么。白月光放下托盘坐下来：还在找手机？

对啊，我貌似记得应该是带在身上的。

没带就没带，要不要我打一打？肯定是在家的。

那算了，不用，我们快点吃了回去好了。陈郁郁心里想：今天真是魂不守舍，连手机都没带。不过也没关系，只要白月光和我在一起，谁打电话来也都不重要。这么想着，她迅速抓起一个汉堡开始啃。

白月光也缓缓拿起另外一个，一口一口咬下去，一边吃一边对陈郁郁说：慢点，小心噎着，你一分钟都离不开手机啊，有啥重要的人和事要办啊？

陈郁郁听到这么敏感的问话，放缓了吃东西的速度：没有啊，啥事也没有啊，这不是手机焦虑症么，都市人不都有这毛病么？

白月光轻轻地笑了一下，没有说话。

陈郁郁手里的汉堡吃到一半的时候，白月光忽然想起什么似的：没买今天的报纸，你等我会儿啊。说完不等陈郁郁回答，放下手里的汉堡，走了出去。

陈郁郁压根没有多想。她知道白月光的习惯，喜欢一边吃东西一边看今天的报纸，美其名曰节约时间，而且她知道，出了麦当劳店，右手边就有一家报亭。所以她继续埋头在自己的汉堡里。吃完了汉堡她开始吃自己那份薯条，一边吃一边张望门口。可是，等到薯条吃完的时候，白月光还是没有回来。陈郁郁有点着急了，看看桌面上白月光咬了一半的汉堡和没有动过的可乐和薯条，又张望了一下门口，玻璃窗外人来人往，但是没有穿黑色外套的白月光的身影。她三口两口喝完自己的可乐，又等了两分钟，白月光还是没有回来。这下陈郁郁真的着急了，她站起身来，想了一下，又把托盘端回到柜台，对服务员说：麻烦您给打个包。在服务员回身拿袋子的时候，她一直回头张望着门口，同时对柜台里的人说：麻烦您快点。

服务员把打包好的东西递出来，陈郁郁几乎是一把抢过去的，连谢谢也忘了说，冲出大门口，几乎就是站在原地，就可以望见那个小小的报亭，但是意料之中的，那里并没有白月光的身影。

她快走两步过去问老板：您刚才看见一个女孩子来买报纸么？

老板是一个穿着邋遢的中年男人，慢条斯理地抬头看了看陈郁郁：哪个女孩？

就是，就是……陈郁郁忽然不知道该怎么形容：就是一个女孩，穿黑色衣服。

老板仿佛还真是认真在脑海里思索了一下：黑衣服……好多穿黑衣服的女孩啊……你说哪个？

算了算了，陈郁郁知道和他说不清楚，掉头就走。可是她忽然又停住了步子，意识到：应该到什么地方去找白月光呢？想了一下，她又一次回到麦当劳，仔细地看了一下，所有有人的座位都看了一遍，确实没有白月光的身影。她又想了一下，冲上二楼的麦当劳洗手间，发现里面空无一人，但是她还是不甘心地喊了一声：月光，白月光……

没有任何回应。

再走下楼的时候，陈郁郁已经放慢了脚步，脑子里反复回忆这一个小时发生的一切，还是没有任何的蛛丝马迹，那么她会跑到什么地方去呢？出了麦当劳，陈郁郁站在马路边上，甚至看了看四周，确认没有发生过什么类似车祸的事件，她深深吸了一口气，开始往回家的方向走，手里还紧紧攥着白月光吃剩一半的麦当劳套餐。

到了家门口，一推门，锁着的。陈郁郁的脑子不转了：自己没带钥匙啊，身上一分钱也没有带，就是这么巧，连手机也没有带，除了手里这半份麦当劳之外，她什么都没有。她就对着家门口发起呆来：怎么回事怎么回事怎么回事？……

她不死心地敲了敲门：月光？还是没有任何回应。这也是意料之中的。陈郁郁坐在楼梯上托着下巴想了大概有五分钟，当然这个五分钟是她自己估算的时间，因为她从来都没有戴手表的习惯。潜意识里，她也是在等白月光回来。

五分钟之后，她意识到不能这么等下去。于是她站起身，下楼。她打算到电台去找白月光。她想也许是电台出了什么急事，要她回去，但是按说白月光也不会一声招呼都不打就跑掉啊，和她今天起床之后一直到坐进麦当劳开始吃东西的平常表现相比较起来，这太不寻常了。

就在这个时候，陈郁郁意识到一件事：她身上没有一分钱，而去电台得打车。她咬咬牙，招来一辆车，对司机说：去电台。等车开起来，她和司机商量：等会儿到了，您能在门口等我一下么？我把家钥匙和钱包反锁在家里了，我现在去单位，让同事先给您付了车钱，您看行么？

那个司机回头看看陈郁郁，大概是觉得她不像是个骗子，很爽快地回答：成，别太久就好，你们电台门口不让停车。

我知道我知道。陈郁郁听到司机的回答，松了一口气。

到了电台门口，车还没停稳，她就冲下去。结果被电台门口的武警拦了下来：喂，你，上哪儿？

我？陈郁郁愣了一下，这才意识到她自己其实并不是电台的人。平时跟在白月光身后出出进进习惯了，没有一次被武警拦下来，但是她自己一个人来，如果胸前没有那张出入证，她想进入电台大院是一件不太容易的事情。

她下意识抓紧了手里的麦当劳：我找白月光。

她晚上才上班，现在不在。武警没有表情地回答。

她肯定来了，我是她朋友，我找她有事。

有事打她电话啊。

我没带电话。

那不是我的事了。

我真的找她，我没带电话，不相信您帮我打个电话问她。

我们的电话不能打外线。武警的口气没有任何商量的余地。

陈郁郁又想了一下：那我找马总。

哪个马总？

马澍，马总。

那你等等。说完武警回到保安室，拿起电话。站在门外的陈郁郁想，马总啊，您可一定要在电台啊，不然我死定了。

果然，那个武警出来，还是面无表情地说：马总不在。

不在？！陈郁郁叫起来。身后的出租车司机已经从车窗里探出了脑袋看着她。

陈郁郁低三下四地对武警说：您是打他办公室电话说他不在对么？

是啊。

那您能打他手机么？也许他在别的办公室呢？

不是刚才和你说了我们这里打不成外线嘛。

陈郁郁彻底颓了：同志，我真的有急事，您能通融一下么？

怎么通融啊？他真的不在。

那您能让我进去找找么？

不行。

那您能给他打个电话么？

武警显然烦了：不是和你说了打过了他不在嘛！

同志，陈郁郁继续放低了声音：我真不是来捣乱的，我真有急事，而且……她回头看了看出租车司机：我没带钱，等着他给我付一下车钱的。

武警看看陈郁郁，又看看她身后的出租车，没有回答。停了大概足足有一分钟，他转身回到保安室，出来之后手里多了一部手机：打吧。

陈郁郁接过来，差点没跪下去：谢谢谢谢。

她先是拨了白月光的号码，而电话那端传来的声音是：您拨打的号码已经关机。

关机？关机！关机？关机！陈郁郁闭了一下眼睛，准备打给马澍，然后她看着手机键盘，忽然想到，她背不下来马澍的电话号码。

她抬起头绝望地看着保安：你能告诉我马总的手机号码么？她的声音里已经带着哭腔了。

小武警被眼前这个女孩子弄得有点哭笑不得了：你不是认识他么？

我我我……陈郁郁结巴起来：我是认识，但是我背不下来他的号码啊，我只背得下来白月光的，但是她关机了，不相信你试试啊……说着把电话又递到武警面前。

武警把手机收回兜里，依旧面无表情地进了保安室，又抓起桌上的固定电话打了起来，出来的时候对陈郁郁说：我们不能随便告诉外人电台内部人员的号码。对不起。

啊？！

我不是外人，我真的是电台里的人。

那你证件呢？

我不是说了么，我忘记带了，钥匙手机钱包证件都忘记带了，您就帮帮忙吧！

不行。我们有制度。武警的答案斩钉截铁毫无商量余地。

陈郁郁不知道该怎么办了，已经开始流眼泪。武警看着她：你就不认识别的人了？

这句话提醒了陈郁郁，她想到了她的——或者已经不是她的小熊。可是这个念头只是在她的脑海里一闪而过。这个时候陈郁郁才发现，除了白月光之外，她记不住任何其他人的手机号码。白月光、小熊、马澍……她苦苦思索：还认识谁呢？还认识谁呢在这个电台大院里？这时候，另外一个人浮现在陈郁郁的脑海里，那就是：马澍的前妻，而她不过是一个晚上之前才知道这个女人的存在，陈郁郁根本不知道她叫什么名字。于是她对门口的武警说：我还认识现在新闻台的台长，但是我不知道她叫什么名字，你能帮我找找她么？

那个武警又看了陈郁郁一眼，好像觉得这个女人有点神经：你到底认识不认识啊？

认识认识，真的认识。你帮我给她打个电话，我自己来和她说，行么？

武警没有接话，转身又进了保安室拿起了电话，说了两句之后，他把电话放在桌上，走了出来：那你进来接电话。

陈郁郁好像得到圣旨一般冲进保安室，抓起电话，但是她忽然又不知道该怎么说，愣了几秒钟，反而是电话那端传来一个女人不耐烦的“喂喂”声。陈郁郁才回过神来，她还清了清嗓子：您好。是这样的，我是白月光的朋友，我找不到她人了，您能帮帮我么？

对方似乎也愣了一下：找不到白月光？

对。刚刚我还和她在一起吃东西，但是她忽然走掉了，手机关机了。我身上没钱，电话也没带，现在您能借我十块钱么？我没钱付出租车钱……我以为白月光会在电台，但是武警不让我进去……陈郁郁有点语无伦次。

对方停顿了几秒钟：那你怎么想起来找我？我不认识你啊。

台长……陈郁郁只能这样称呼对方：我知道您不认识我，但是我现在真是没别的办法，我没带手机没带钱包也没带钥匙我……

好了好了，你等会儿。对方依旧很不耐烦，说完就挂了电话。

陈郁郁呆了几秒钟才想起来应该挂上电话，然后发现那个武警一直面无表情地站在她的身后，好像在说：电话打完了，你现在可以出去了。

陈郁郁经过他的身边，还不忘记对他说声谢谢。那个面目清秀的武警没有出声，陈郁郁刚走出保安室，他就关上了门，好像生怕她赖着不走一样。

陈郁郁走到那个已经等得非常不耐烦的出租车司机跟前：师傅啊，不好意思，我现在联系到人了，她马上就送钱出来啊。

司机把一根抽完的烟头丢在地上，狠狠踩了踩：算我倒霉，快点啊。

陈郁郁鸡啄米一样地点头，嘴里一直嘟囔着“对不起啊对不起”，一边回头张望电台的大厦出入口，她觉得无论如何马澍的前妻都没有帮她的义务，但是听她的口气，又没说不管她。但是五分钟过去了，十分钟过去了，出租车司机已经开始对着陈郁郁骂脏话了，很多人在电台大门口出入，没有谁停在陈郁郁面前。

这个时候的陈郁郁，已经顾不上想白月光到什么地方去了，为什么会发生这种事，她只是想尽快打发掉眼前这个出租车司机。于是她只好再一次去求那个武警：您能再帮我给台长打个电话吗？她说让我等她的，但是一直没见人啊。

那个武警看了看陈郁郁：既然让你等，你就等呗，你不愿意等，可以走啊。

你……陈郁郁被这个武警的话噎得不知道该怎么回答。

正在这个时候，她身后开进来一辆白色的广本，里面开车的人探出头来叫她：陈郁郁，你怎么在这里？干吗呢？

已经有点绝望的陈郁郁听到这个声音，眼泪马上就下来了：马总啊，您终于回来了……然后就哽在那里，什么也说不出来了。

马澍下了车，看看陈郁郁，又看看那个满脸怒气的出租车司机。陈郁郁用手指着那个司机，已经哭得说不出话来了。马澍走过去，探头看了一下出租车里计价器上显示的金额，然后从口袋里掏出一百块钱递给那个司机：不好意思，让您久等了，不用找了。

司机接过钱，脸色虽然好看一点了，但嘴里还是嘟嘟囔囔的。马澍回过头对他说：别耽误生意了，赶紧走吧。

陈郁郁站在一旁，哭得都有些发抖。马澍走近她：出了什么事？

陈郁郁刚抹了一下眼睛，还没来得及回答，就听见身后有一个声音：马澍，有个说是你女友的女友，让我来替她付十块钱，怎么回事？

陈郁郁知道身后站的就是马澍的前妻，但是不知道为什么，她这个时候竟然连回头的勇气都没有了。

哦，一点误会，惊动你了。没事没事。当着陈郁郁的面，马澍对自己的前妻很客气。李倩走到陈郁郁面前：刚才就是你给我打的电话？

陈郁郁点点头，不出声。

李倩上下打量了一下她：白月光人呢？

陈郁郁还是不出声，摇了摇头。

我刚才在楼上给她打电话，关机了。这话也不知道是说给马澍还是陈郁郁听的：你们自己的事情自己解决，我是她领导，不是她的保姆。说完转身往回走，看都不再看陈郁郁和马澍一眼。马澍没有接话，只用眼睛扫了一下保安室里，隔着玻璃窗站着的武警。然后对陈郁郁说：上车再说。

陈郁郁听话地坐进了车里。马澍从后座上拿起一包纸巾递给陈郁郁：怎么了？出什么事情了？

陈郁郁接过纸巾，只说了一句话：月光不见了。然后就继续放声大哭起来。

7

接到严嘉宁的电话，已经是三个月之后的事情了。那天下午，我还在家里收拾东西，听到手机响，依旧和过去三个月的每一次一样，以为是月光打来的，冲过去接起来，对方是一个很好听的男声，似曾相识的淡然：你好，是陈郁郁么？

我是，哪位啊？

对方似乎还笑了一下：我叫严嘉宁。

啊？我愣了一下，严嘉宁。这个名字虽然是我第二次在电话里听到，虽然已经事隔好几年，但是仍旧有如雷贯耳的感觉。

你不认识我，但是……

不，我打断他：我认识你，你是月光的朋友。我们通过电话。你可能忘记了。

不，我没忘。对方很冷静：我们能见个面么？

我迟疑了一下：你不是在广州么？

不，我现在在市区的星巴克，你有空来一趟么？

有。我想都不想就回答。心里想，严嘉宁，你居然来了。可是你这个时候来，实在是……太迟了。但是我依然很好奇，这是一个什么样有魅力的男人，我对他的好奇心一直持续了这么多年也没有丝毫的减弱，同时我幻想，也许他知道月光的下落。

在去和严嘉宁见面的路上，我没有像从前那样，在和一个不认识的人见面之前，总是喜欢在脑子里想象勾画一个形象，这个人多高多胖，戴不戴眼睛……其实，自从月光失踪之后，我的精神状况在三个月里已经迅速衰老了好多岁。我也没有想，见到他之后，要怎么和他说话，说什么，怎么说。脑海里反复出现的，依旧是这几个月来没有停止出现过的画面：月光换好鞋子……和我走到麦当劳……忽然说去买报纸……然后……她再也没有出现过。

到了星巴克。推开门的瞬间，我已经知道哪个人是严嘉宁了。因为他太醒目了。这种醒目不是来自外表，而是一种气质。坐在闹哄哄的咖啡厅里，穿着白衬衣，面前没有报纸、电脑，没有在摆弄手机，也不喝咖啡，桌上放着一瓶没有喝过的依云水，一直看着窗外的这个男人，一定是严嘉宁。

我走过去：你好。

陈郁郁。他微笑着看我。直接叫我的名字，可见他也没有费什么劲儿就认出了我。

对。我坐下来：我是陈郁郁，你是严嘉宁。说实话，我也不知道自己的开场白为什么如此拙劣。

对方问：喝点什么？

我摇摇头：没想到我们会见面。你怎么会找到我？你怎么有我的手机号码？

他没有回答我的问题，而是起身去柜台。在这短短的几分钟时间里，我打量了一下他坐的位置周围，除了一个“Y3”的背囊之外，没有更大的行李。同时调整了一下自己的思路：很显然，他知道的我，要比我知道的他多得多。远远超过我的想象。

两分钟之后，严嘉宁端着一杯咖啡回来，放在我的面前。然后在我对面的位置坐下：喝点咖啡吧，看你好像没有休息好的样子。

我心想：这个时候居然还有心思观察我的气色，看样子他要么是什么都知道，要么是什么都不知道。但是如果他什么都不知道的话，怎么会首先联系我，而不是找月光？但如果他什么都知道的话，怎么会一点都不着急？……

严嘉宁看我不说话，忽然又站起身，把我面前的咖啡杯端起来，把杯子的把手冲向我，同时把桌子上的几张餐巾纸拿起来，一张张码放整齐，放在桌上。然后他发现我在看他，于是解释了一句：不好意思，我有点强迫症。

我知道。我很快回答道。心里还想，他妈的这个时候了你丫居然还惦记着你的狗屁强迫症。严嘉宁笑了一下，也不问我为什么会知道，直接切入正题：我来找你，实在是有点唐突。很抱歉。

直到这个时候，我才能勉强打起精神打量一下眼前这个男人，他长得眉清目秀的，看上去最多三十岁，可见保养功夫做得很好。眼睛很亮，眉毛很黑，一点也不像传统印象里的广东人。

严嘉宁好像知道我是在观察他，于是也不再说话，轻轻拧开了自己面前的依云水，但是并没有喝，又把盖子拧了回去。似乎是在等待我开口。

我深深吸了一口气，端起他买给我的咖啡，一口喝掉一半：你找到月光了？说实话，我也确实没有什么心情和他拐弯抹角。

没有。严嘉宁很快地回答。

看来，他确实是什么都知道。

你知道她的下落?

不知道。

不知道? 轮到我失望了：你不知道她的下落?

我确实不知道。

我又喝掉了杯子里剩下的咖啡：那你找我也没用，我也不知道她的下落。

严嘉宁笑了：我知道。

你知道? 我又反问了一句，觉得这个男人的几句话就要把我弄崩溃了，或者说这三个月来，我无时无刻不处在要崩溃的状态中。

我就是来看看你的。严嘉宁还是淡淡的语气。

来看我? 我不相信地看着他，忽然又想起来：你怎么会知道我的电话?

你不是月光最好的朋友么?

可是月光现在失踪了，下落不明啊。我还是很糊涂。

我知道她失踪了，所以来看看你啊。

我揉了揉发涨的脑袋：严先生，你能不能不要那么惜字如金，直截了当一点告诉我，到底怎么回事?

郁郁，你别急，我知道的不会比你想象的多。

哼，我冷笑了一声：是吗?

郁郁，他收起了笑脸看着我：我只是知道月光失踪了。而她只有你这么一个好朋友，于是我就是来看看你，看看有没有什么忙，我可以帮你。

帮我? 我被他这句话逗笑了，难道不是么? 实在太可笑了：你知道月光怎么失踪的么?

不知道。这是我想你告诉我的。

好。我告诉你。三个月来，我在脑海中每天不知道重复多少次的那天下午的事情，现在终于找到了一个倾诉的对象。我一个细节也没有漏掉地对严嘉宁和盘托出，潜意识里我觉得，这个世界上，最了解白月光的人，恐怕应该是眼前这个男人了，虽然在此之前，我曾经以为那个人是我。

在我说话的过程中，严嘉宁一直没有插过一句话，就那样静静听着。直到我停下来。他看着我，似乎是想要确认我已经讲完了。我看他还是没有说话的意思，接着问：你既然不知道月光是怎么失踪的，但是你怎么会知道她失踪了呢？

他没有说话，从口袋里掏出手机，按了几个键，然后递给我。那是一条短信，发件人是白月光，内容只有几个字：嘉宁。我走了。再见。

我看了一下发送时间，果然是那天下午，如果没有计算错误，应该是她离开麦当劳之后就马上发了这条信息给严嘉宁，之后就关机了。

你当时没觉得不对劲么？我问他。

我收到这条短信的时候在开会，没看到。两个小时以后我打电话给月光，她的电话就已经关机了。一直到今天也没有打通过。

我没有说话，他说的没错，那十一位阿拉伯数字，从那一天开始真的再也没有人打通过，我，马澍和他的前妻——月光的台长，所有的人都没有白月光的下落。

那你怎么就凭这个短信判断月光是失踪了？

我打过电话去她的单位，他们台长告诉我的。

台长？你是说那个女台长？

对。她告诉我，单位已经报了警，但是一直也没有她的下落。

他说的这也是实话，我也去公安局做了笔录，但是所有人都依旧没有任何头绪。

那么，我还是很疑惑：你怎么知道我的号码的？

严嘉宁又微笑起来：郁郁，月光给我看过你的小说手稿。你在最后一页留了自己的联系方式，你不记得了么？

啊！这下我彻底吃惊了：她给你看过我的小说？她自己都没看过啊……我更加糊涂了。

她看没看过我就不知道了。但是她曾经给我发过你的小说稿，想让我帮你联系一下，看广州有没有出版社可能帮你出版这本小说。

是……吗……我结巴起来：月光让你……帮我联系……出版社……

对，因为我和广州当地的一些媒体关系很好。所以她……

你是月光以前的男朋友？我打断他的话，说实话，这个时候出版什么小说，根本不是我关心的事情。

是的。他很迅速地回答我。

你是广州人？

对。

你和月光在广州认识的？

是啊，我们是大学校友。

啊？！这是我这短短一会儿工夫第几次惊讶了：月光和你是大学校友？她在广州读过大学？我怎么一点也不知道？

严嘉宁再一次收起了笑脸：是的。很少有人知道。

你能直接点告诉我怎么回事么？你说话好像挤牙膏一样。我是真的有点着急：我从来都没听月光说过啊……

我和月光，严嘉宁的微笑没有了，嘴角甚至出现一丝苦涩：那年她大一，我已经大四毕业，回学校办理一些手续，在校园里开车不小心撞伤了她，所以认识了。

后来呢?

后来我们恋爱了。

那是哪一年啊?

一九九七年。

不对啊……我想了一下，两千年的时候月光就已经在电台了啊。

是。她只在广州待了一年。

那你说她在广州读大学?

对。她后来退学了，离开了广州。

为什么？为了你?

是。严嘉宁很简洁：为了我。

为了你退学离开广州？！不符合逻辑啊？我摇摇头，眼睛死死盯着他问。

严嘉宁深深叹了口气，看得出，他很不愿意回忆那段往事：我爸爸是我们那所大学的校长，我其实当时已经有一个家里认可的女友了，可是……严嘉宁说到这里，停下了。眼睛也低下去，不肯看我。

我明白了。你爸爸不让你和月光在一起，所以给她压力，逼她对吧?

不是。他又抬起头：他是给我压力，但是月光可能隐约能感觉到些什么，她是个很聪明又有主意的女孩子，她没有和我商量，也没和我吵架，就直接退了学，离开了广州，连一点解释的机会都没有给我就走了。停了一下他又说：和她这次的举动几乎一样，不给任何人留一点余地。

天啊。我在心里惊呼了一声，看来我确实是错了，我曾经以为自己知道白月光所有的故事，所有的秘密，除了她在广州的这个叫做严嘉宁的男友，但是我没想到，这个故事会这么曲折复杂，不，一定比严嘉宁用几段话概括的更加曲折离奇。一整年，从相识到相爱到她绝情离开，这中间该有多少的爱恨情仇啊……月光，你究竟经历过怎样的日子啊……我闭上了眼睛。我也终于意识到，白月光的个性脾气——真的是我们任何一个人也无法了解的，就如她那已经去世的爸爸说的那样："我这个女儿，她对人类没有感情"。

严嘉宁看我不说话，又从背包里掏出另外一个手机，一边开机一边对我说：这个手机我留在身边很多年了，说完递到我面前，是一条短信，内容和他刚才给我看过我的一模一样：嘉宁，我走了，再见。上面显示的时间是一九九八年。

然后他收回了手机：对你来说，月光是第一次失踪，对我，已经不是第一次了。她就是这样一个人，不允许任何人决定她的生活，她要完全控制自己的一切行为举止。

后来你们还一直联系么？我问。

有联系，但很少。月光不肯原谅我。而我，确实也很软弱，她走得太决绝了，我承认在这件事情上，是我对不起月光。但是我也并没有说会放弃她，反而是月光一点机会都不留给我，她的举动让我觉得她根本就不信任我，所以，我也被伤得够呛。花了好多时日恢复元气，所以一直，我都不太敢继续和她来往……

但是她几年前去过一次广州，就是那次我们通电话，你说你记得的。

对。那是她离开广州之后我们第一次见面，也是最近，或者说是最后一次我见到月光。

她去看你？

我也不知道。她忽然给我打电话说她来广州了。但是又不肯一直待在广州，所以我们就去了海南，本来我还想带她去厦门，但她不肯，所以我们就在海南的酒店里住了两个星期。然后她就走了。

两个星期。我想了一下，对，他说的没错，月光那次是走了整整两个星期。没错，还有那个她说什么也不肯去的海南，以及我在厦门时偷看到的月光的短信内容：她拒绝严嘉宁带她去的厦门……一切都没有错。但是我还是很糊涂，这简直就好像一个悬疑电影：这两个星期她什么都没和你说?

坦白说，月光是我这辈子最爱的女人，她离开我之后，我好长一段时间，就像你，严嘉宁指指我：就像你现在这样，半人半鬼的。

我没有接话，想听他继续说。

所以，她忽然回来看我，我都不知道该怎么形容那种又惊又喜又怕又觉得哪里不对劲，但是又不愿意去想的感受，就是好像做梦一般，每天和她在一起，看着她。严嘉宁的眼睛里开始泛起一种水雾：我连觉都很少睡，有时候看着她睡在我旁边，就好像觉得眨一下眼睛她都会消失一样。

理解。我实在忍不住插嘴：月光就是这样一个人。你们两个星期在干吗呢?

严嘉宁看了我一眼，似乎有点责怪我打断他，他似笑非笑地回答：就是在酒店住了两个星期，你说能干吗呢?

我有点脸红了。我当然知道他们都干吗了。但我不知道除了“干吗”之外，是不是还应该有点其他的事。于是我只好问：那后来呢?她那天晚上为什么哭成那样给我打电话?

我不知道。严嘉宁说着还摇了摇头：我们去了海南之后，几乎每天月光都要我买很多酒在酒店房间里陪她喝。有时候喝很少，有时候她就会喝个大醉。有几个晚上，喝醉了之后她就一直哭一直哭，说实话，我认识月光那么久，我们曾经有一年时间天天在一起，后来就算分开，我也没见过月光掉眼泪，但是那几次，她真是哭的——就好像要把一辈子的眼泪都哭完一样。我问她，她也不说。后来我就不问了，就抱着她。她哭累了就自己睡着了。第二天又没事人一样。

听到这里，我忽然想到一个问题：你结婚了么？

严嘉宁愣了一下，大概是没想到我会忽然转移话题。我看他不回答，又问了一次：你结婚了？

对。我结婚了。不过，又离婚了。

我没吭声，心想，和我想的差不多。

说起来，严嘉宁继续刚才的话题：那天晚上月光给你打电话，是哭得最凶的一次。而就是那天晚上，我是第一次鼓起勇气告诉她，我结婚了，但又离了，我想让月光回到我身边。之前我一直都不敢和她说，我其实有点摸不透她，我怕我这样告诉她，她第二天又消失了，尽管我确实不知道自己为什么会这么想。

说完这些话的严嘉宁，和我刚刚坐下来时看到的那个男人，似乎完全不同了。他的魂魄已经不在他的身上了。和我一样，被那个现在不知下落的白月光勾引走了。

后来呢？月光没有答应回到你身边？

他摇摇头。似乎已经没有说话的力气了。隔了好几分钟，他才说：月光说，来不及了。然后她告诉我，自己就是想来看看我，因为她当年的突然离开，现在想来觉得对我很不公平，但是她只是想来看看我，她说她其实这么多年一直也没有走出来，她来看我，就是想和过去的自己做一个干脆的了断，重新开始自己的生活。

你没有挽留她?

当然有。我用了全部的力气挽留她。

但是她始终不答应?

她没说答应，也没说不答应。她走的时候只是和我说：让我想想。我问她什么时候想好，她说随时。说完这句话，严嘉宁竟然又笑了，还重复了一下：随时。

随时。我也跟着重复了一遍。

是啊。我等她这个“随时”，一直等到现在。

结果，我又接上去：她就随时又失踪了。

郁郁，严嘉宁看着我：你很爱月光对么?

我其实在来见他之间就没打算隐瞒这件事，对谁都可以隐瞒，对严嘉宁，不知道为什么，我觉得没有必要隐瞒：是，我很爱她。

严嘉宁也似乎知道我会这么回答。他没有再说话，抿了抿嘴。

你是看我的小说手稿知道的对么?

算是吧。我问过月光，你写的小说，是不是用她做原型，她没有否认也没有承认，你也知道吧，月光最大的本事就是无论怎样和她有关的事情，在她看来好像都是无所谓的。

我知道。所有的人都是被她这种奇特古怪的脾气吸引的。

那么，严嘉宁看着我的脸：你也该知道，你爱白月光，你就一定会失去她。

我笑了：我从来都没想过我会有机会见到你，但现在既然见到了，有句话，一定要告诉你：这个世界上，我想可能唯一得到过白月光的人，就是你严嘉宁了。所以只有你有失去她的经历，我们剩下的人……我文艺了一下：我们只看到过月光，我们没有得到过她。

从星巴克出来，天已经黑了。我拒绝了严嘉宁说一起吃顿饭的提议，也谢绝他说要给我提供的任何帮助。我没有告诉他，我也已经在打包行李，准备离开这个城市了。

你是今天就回广州了么？我裹了裹外套，在风里看住严嘉宁。

明天一早。

那我不送你了。

郁郁，再说一次，有任何需要，你都可以找我。

我笑了：如果有月光的下落，你会告诉我么？

当然。那如果是你有呢？

我？如果你都没有，我更不会有了。不过如果有意外，是我有她的下落，我也当然会告诉你。

好，一言为定。

那再见了。

你保重，郁郁。他看着我，并没有和我握手告别的意思。我后退了几步，向他挥挥手。转身走了。

在回家的路上，我终于弄明白了。原来在白月光的内心，真的从来没有我，或者马澍以及其他人的任何位置，我们不过是存在于她身边的——人类而已。和马路上经过的任何人都一样，毫无差别。她的内心世界里，除了严嘉宁，已经容不下任何人任何事。而且，我永远也不会知道，那里究竟还有多少的秘密，多少的故事和经历。我大概也永远没有机会知道了。同时，我也似乎多少理解了一点，月光为什么会忽然地失踪。离开广州退学那次，应该是她深深地失望，对爱情的失望。而这一次，也许是因为她花了很大力气，好不容易才建立了一些对人的信任，对生活的力量。结果，因为在一夜之间，她失去了父亲，知道了电台的变故和我与小熊对她的背叛——这在月光看来，是一种背叛吧？我也不会知道答案了。

但是我大概只能这么想。因为这些，使得月光又一次深深地失望，甚至是绝望。而从来不解释不说明也很少发泄的月光，她唯一想到的念头，就是离开，离开我，我们，以及这种生活。所以她走了。走得那么干脆，她才懂得“离开”的真谛。什么都可以在一瞬间丢掉。这个狠心的女人，到底是从什么地方修炼的本事？这个女人，到底去了什么地方？每一个有月光的晚上，我都会这样抬头看着天空，反复想这个问题。大概，会想一辈子。

SEVEN

嘉宁:

我爱你。

认识你的时候，我是一个小女生，在我们从各自的生活中消失之后，我渐渐长大了，变成一个异类的怪物。但是你却从来没有离开过我的生命，我把你放在内心深处一个最隐秘的角落，任凭谁也找不到，发现不了。有的时候，连我自己也忘记你的存在。可是，就仿佛房间里的一盏开着的灯，即使我离开屋子，几天甚至更久不回家，那盏灯也不会因为我的看不见而熄灭。用这样的比喻来形容对你的感情，是否合适呢？

嘉宁，我的心里住了一个神。隔三差五我会和神对话。把我心里想不明白的事情告诉神。神总是不回答我。神双手插在口袋里，无论多冷都穿得很单薄。神只静静地看着我。一言不发。看碎了我所有的忧伤。每天晚上出门之后第一件事，就是抬头寻找天上的星星，即使是阴天也不忘记抬头仔细找一找，我觉得那些星星很像神的眼睛。

最近一段时间，我的情绪渐渐稳定了下来，虽然依旧需要在药物的帮助下才能勉强入睡，虽然还会在黄昏的街头无端端看着车水马龙忽然一个人放声大哭起来，在这样的时刻，周围人来人往，没有任何一个人会因为蹲在路边的我而停下半步，尽管我也不需要有陌生人来表示一下关怀，但是当我擦干眼泪站起来的时候，会感觉这个狰狞的世界对我没有任何意义。

我想，我的情绪之所以会相对稳定了一些，是因为在心里我已经做好了打算，安排好了我要面对的问题，于是我才没那么心慌了。在银行租赁的保险箱，就快放满了这些信，一个个白色的小信封，堆积了将近十年的岁月。孤独的青春，和永远的遗憾。

很多次，我看着这些信件，真的有一种想把它们全部撕毁的冲动，就好像当年我狠心离开你那般决绝。可是，我实在下不了手。那种两难，你不会想象到。

有那么许多次，当思念你的情绪几乎要杀死我时，我就会冲到机场，去买一张飞往广州的机票，然后在机场大厅等候登机、过安检。当机场播音说这是最后一次登机时间的时候，我就掉头离开机场，回家。

几乎每年这样的事情都要重复发生几次。其实我是知道的，我不会登机，我在去往机场的路上就知道。但是我就是需要这样做。或者说，在做这件事情的过程中，才能稍微缓解一点点我对你的想念以及想要杀死自己的念头。

可笑么？或者是可悲？每次在来往机场的路上，我依旧会选择大巴最角落的位置，窗外的风景已经看得再熟悉不过了。有时候我也会觉得自己真的好像一个文艺片的女主角，在做一件让银幕前的观众感慨的事情。而其实，感慨我的人生的，只有我自己一个人。我感慨自己的人生：你的破人生到底有什么好感慨的啊？所有的一切不都是你自己选择和决定的么？你不是口口声声不要任何人来干涉你的任何举动么？现在你的目的终于达到了，难道不是应该开心么？难道不是应该恭喜你么？你想要的整个孤独，内心的和身边的，你都得到了，你现在满意了吧你啊白月光……

我的父亲去世了。在他离开我之后，我才知道，其实我当初把他接到自己身边，并不是想要报复什么或者相互照顾，其实这些都不是，直到最后的最后，我才明白，我需要他。潜意识里，他在我的身边我才有家；潜意识里，似乎只有他活着，我才有微弱的安全感；潜意识里，我认为他才是真正可以保护我的那个人，唯一的那个人。可是嘉宁，他也离开了我。而我，也终于在他离开之后才敢于面对自己内心真实的想法。

嘉宁，你也曾经祝福过我。祝福我未来找到幸福。嘉宁，你是违心的对么？就好像我，也深深明白，离开你，就离开了我这一生的幸福和快乐。

现在后悔么？没有机会了，没有时间了，什么都没有了。所以，嘉宁，我不后悔，我只是决定去面对未来所有一个人的兵荒马乱，和你没有关系，也和已经逝去的自己的灵魂没有关系了。

嘉宁。我爱你。此生不悔。

月光

后记

我是在云南束河，一个叫做木楠司的小客栈里认识陈郁郁的。

那是2007年。那是我人生的低谷。我离开了工作了五年的电台。一个人，开始走在路上。背包里除了佛经书籍，就是医生开给我的，各种各样抗抑郁焦虑的药物。

在去云南之前，我在广州生活了大半年。那里对于我来说，是一个完全陌生的城市，唯一不同的是，那个城市里，有一个非常爱我的男人。我不明白一个患有严重抑郁症的女人有什么值得他爱，但是他却说，他就是喜欢我的古怪，并且着迷我的声音。是，过去在电台的时候，曾经有人恭维我是那座城市上空最温柔的声音。而这个爱我的抑郁症爱我的声音的男人在夏天的时候向我求婚，可是当我们已经开始筹备婚礼的时候，我提出想一个人，出趟远门，我看出他的犹豫和担心，但是他没有阻止我，只是说：我等你回来。

于是，我从广州启程，进入云南。经过昆明、大理、丽江，最后因为雨水，不得不暂时在束河古镇住下来，每天只是坐在客栈的院子里看雨听雨。后来，隔壁房间就住进来一个有点奇怪的女孩子。

她的个子小小的。头发很黄。脸上有两条伤疤，看上去有点吓人，就好像一个在江湖上行走了很多年的孤魂野鬼。但这些仅仅是外表，最让人觉得奇怪的是，几乎每个晚上，我都能听到隔壁房间里传来音乐，永远是张信哲在2004年发表的一张叫做《下一个永远》里的一首歌《白月光》。

之所以记得这么清楚，大概也是因为，多年来做电台DJ的职业病。一听到什么歌曲，马上先在脑海里"取证"：是哪个歌手的哪张专辑的哪首歌。

后来在院子里遇到她，我就把这个职业病当成笑话一样地讲给了这个姑娘听。其实也实在是因为住得有点无聊，又对她有一点点好奇，所以找个话题和她聊聊天。

没想到的是，当她听说我曾经是一个电台DJ的时候，呆在原地足足有五分钟，死死盯着我的脸。我当时真是有点被她吓住了。

后来，她就给我讲了一个故事，一个关于白月光的故事。在束河古镇绵绵不绝的细雨中，我花了一个星期的时间，听这个叫做陈郁郁的女孩子的悲欢离合。我不知道哪些是真，哪些是假，因为当时患有抑郁症的我，总是经常性走神，就好像安装了一个过滤器一样，经常不知道面前的人究竟在和我说什么，所以，在她整个星期的讲述里，我好像只记住了一个叫做白月光的女孩子，拥有一个歌曲名字的女孩子。其他的，我大概听到了，也可能没听到。我就是这样一个人，要是想不记得、听不见、看不见、想不起来什么事什么人，就真的可以做到。我一直觉得，这个天赋是上苍给我最好的礼物。

只是，在陈郁郁讲完她的整个故事的时候，束河的雨终于停了。离开古镇的前一个晚上，我们俩第一次有机会看到古城的夜空出现了月亮。白色的，月光。

我问她是否有她朋友的下落了。她摇摇头告诉我说：她已经停止寻找了。因为她知道，如果对方愿意，总有一天，会出现的，不然，她一辈子也不会找到。说完她还笑着打趣，就像那首歌里唱的：“路太长，追不回原谅”。

我又问她接下来打算去什么地方，她没有回答我，我稍微有点尴尬，想到她说起自己在写作，就问她能不能把她写的小说给我看看。她有点抱歉地看着我：我没带在身上。其实我知道，她是不想给外人看。

于是我又问她，将来会不会在书店里找到她的作品？她还是没有回答我，反而是问我，是否还要继续旅行。而本来是下一站要前往泸沽湖的我，忽然在这个夜晚非常想念广州，和那个爱我的人。于是我告诉她，我要回家了。她听了之后也没有任何的反应，就是抬头看着夜空，安静地坐着。

第二天早上五点多，我就离开了束河古镇，没有去打扰隔壁房间的她。但是隐约的，那首歌依然在反复响着。我才忽然想起，我甚至没有留下这个女孩子的联系方式。

回到广州。他来接我。上了车之后他问我，旅行是否愉快。我回答说很好。他又问：那你是不是也想清楚了，可以下决心嫁给我了？

我点点头：当然。

从车窗里看出去，夜空有一轮明月，我才意识到：还有几天时间就是中秋节了。

于是我转过头对他说：你知道白月光么？

他一边开车，一边很快地回答我：知道啊，不就是张信哲的一首歌么，怎么了？

我对他说：其实，自从第一次听到那首歌时，我就会在每一个中秋月圆时，想起其中的歌词："白月光，照天涯的两端，越圆满越觉得孤单。"那时候我就在想，究竟是什么样的人，内心有过什么样的经历，才会写出这样柔软却又充满力量，甚至有点残忍的歌词？

他揉了一下我的头：你又开始文艺了，然后就哼起了其中的句子："……每个人，都有一段悲伤，想隐藏，却欲盖弥彰……"

我打了一下他的胳膊：严嘉宁，你唱跑调了。

惠子

2008-12-27 凌晨5时初稿广州家中
2009-01-19 凌晨5时二稿广州家中
2009-01-20清晨9时三稿广州家中
2009-01-22凌晨4时定稿广州家中
2009-02-15凌晨1时终稿祈福医院

名家推荐

老天爷会照顾心地善良的孩子

从西安到南京再到你现在定居的广州，这么多年过去了，我们总是会在不同的时间、不同的地方见面。看了你的文字，也了解到你这些年的生活经历，为你现在的生活由衷地感到高兴，一直坚信老天爷会照顾心地善良的孩子，例如惠子你。也一直以为，现在的生活远比小说和电影更要精彩，愿我们的现实生活比我们的梦想更美好……

（许巍，著名摇滚创作歌手）

平凡人不平凡的故事

如果一个人的内心是条河，它会有多深多广呢？读了惠子的小说之后，我走在街上，竟然会第一次不由自主地想研究那些匆匆而过的陌生面孔，读他们平静外表下的心事。究竟谁是书里的主人公？平凡的路人当中，在她们内心深处，是否都如书里的人物一样，隐藏着很多故事？也许，我们每个人都是主人公，每个人的故事都是一本书。或许就是在这一瞬间，你会发现，他们原是你孤单路上同行的人。这是读惠子的小说之后忍不住联想到的，一本书能给我的思想带来启发，我认为，这是好书的必要条件之一。

陈晓楠

（陈晓楠，凤凰卫视新闻主播、中国最具“人文精神”的访谈节目主持人）

这是一本值得细心品读的好小说

我不是很了解惠子，只是通过朋友介绍看到了这个女孩子所写的文字。如果说真的能从一个作家的字里行间读出这个人本身的喜怒哀乐或者是性格的话，我想象当中的惠子大概是一个内热外冷的人，在有些人看来简直是一种喜怒无常，但我觉得这是她对自己的一种保护：在浮躁不安的今天，只有始终坚守内心一片净土的人才能不断写作，尤其对于一个年轻女孩子来说更是不易。

惠子笔下的人总是很极端，只有黑和白，那些人物似乎不懂得妥协的艺术，会不会惠子本身也是这样的人？我不得而知却似乎可以猜到几分。

一直在忙碌剧本事情的我，在断断续续的空闲时间里，甚至是长途飞行中读完了《白月光》。我很喜欢这个充满画面感的故事，她的文字对于那种抑郁症所带来的焦虑、自虐以及虚幻感描写得很是淋漓尽致，尤其是那种孤独感，让人心酸。但是却依旧隐约可以感觉到还有一丝希望，这是一本值得细心品读的好小说，青春的忧伤，成长的孤独，以及不可预知的未来。

同时我以为，书中的白月光和陈郁郁都不仅仅是单独存在的，惠子在创造她们的同时，某种程度上大概也是自己内心孤单感的一种释放和发泄吧。

（尹丽川，自由作家、诗人，电影导演）

捍卫脆弱，只能更强悍

选择淡淡的生活，并不等如是一个简单的人。

在城市里，选择简单反而更难；选择淡淡地说故事，需要对生活及生命的多样性有一定程度的体察及了解，写出来的东西才会有凝聚力，而非没重量地悬浮空中，快速烟消云散。这些年来，惠子的文字和读者的共鸣，已经一次又一次地印证，她是成功的。

在大城市、大环境里寻寻觅觅，找一个自己最舒服的位置，做自己相信的东西，这个过程注定比走一条已被铺好的康庄大道辛苦，大家看到的，感受到的淡然，可是经过很多洗炼而成的。

极其敏感的心灵，极端细腻的感情观察，都是一个城市人的弱点，要捍卫这些脆弱，只能更强悍；惠子的置身事外，很可能是太有感情；而她的淡然，亦很可能是内里太澎湃。

亲爱的惠子，淡淡生活的强悍女孩，你快乐吗？

（林一峰，香港著名创作歌手、音乐人）

这个信佛的女孩对人生有更多的思考和想象

认识惠子可以用“一见如故”来形容。她虽然是一个稍微有点“慢热”并且敏感的女孩子，但是说起喜欢的张国荣和许巍，说起电台的种种故事，就会变得眉飞色舞起来，而渐渐走近她会发现她其实是一个热情爽朗的女孩子，对朋友非常好。第一次见面印象很深的是她双手合十对我打招呼，身上没有任何装饰物，只除了一串佛珠。我想这大概和她的信仰有关。仔细读了她的每一本作品，惊讶在外表的背后，原来这个女孩子有着如此细腻的心思和想法，这让我有点刮目相看。坦白说，惠子的小说写得真的很吸引人，让我有点爱不释手。在我的想象中，能把文字编织得如此美丽的人，她的内心应该充斥着对人生的更多思考和想象。我很想知道那些迷人的故事是如何从她的手里流淌出来的，这简直是一个难以解答的谜。因为很喜欢惠子的小说，于是这让我有了一个愿望和念头，希望有一天可以请惠子听我的戏，但愿她也会喜欢。这样我们就“扯平”了……

（王珮瑜，京剧新锐，著名余派女老生，当代“孟小冬”）

耳朵们的话

第一次听到你的声音是在冬天，失眠了，不知道为什么。打开放在枕边的收音机，想找一个能听歌的节目，忽然间就听到一个声音。声音温柔，但语气有点强硬，让人印象深刻。记住了那个节目叫《点亮城市》。后来就刻意地在半夜听你的节目。听着听着，就逐渐习惯了那个声音。那段时间是我在学校最孤独寂寞的时候，没什么朋友，常常独来独往。在心情不好的时候，我就会想那个声音，想《点亮城市》。

（张敏）

爱你，从开始的西祠，夜惠，到现在的博客，我已经习惯每天睡前去“偷窥”节目外的你。是你告诉我人生重在积累，告诉我活着要有目标，告诉我要执著地做自己该做的事，告诉我当有人想为我做主的时候我可以吼上句“到底你是我，还是我是我！”，告诉我爱上一个不爱我的人可以淡淡地说句“我爱你，与你无关”，告诉我无论多少绝望也不要放弃寻求幸福。因为你就是我们最好的榜样！《礼物》买了五本，《不再让你孤单》买了四本，接下来的第三本书，我又要买几本咧？最爱的书，留给自己，送给最爱的人。

（晨晨）

一路追逐惠子同学的脚步其实是件很幸福的事情，非常感谢惠子同学。因为，在关注惠子的同时，也让我们从你的身上清晰地看到了一种品质，一份执著，还有，无穷多的坚强。是你，惠子，让我们了解到了一个个繁华都市外面的世界。是你，惠子，让我们这些在单亲家庭里长大的孩子变得更加地淡定和勇敢。也是你，惠子，让我们相信了一直都不敢奢望着的童话般的爱情。是你，惠子，让我们在现实生活里找到了一把寄托精神的手杖，从而来引导我们勇敢地走好下一段仍需前行的路程。谢谢你，惠子！

（小曾于昆山）

从《惠声惠色》到《点亮城市》，从《礼物》到《你不再孤单》，惠子姐姐，我想，你对于我的意义，大抵，你永远都不会了解的吧，因为，我也不知道应该怎样用文字去表达。只是，你是那么华丽地出现在我的青春年少时，然后，不再离开。

2009年来了，你的第三本书将要出版了。我不想去猜测它会是怎样的，我想，你一定还是会给我们一个满意的答案的。我依旧还是期待：这一次的惠子，又会给我们怎样的惊喜呢？

（爱你的弦音于美国）

给陪了我们大半个青春的惠子——

悠悠记得当天笑
仿佛入迷
又带一点惘
种种喜悦
令人为你拍掌
眉飞色舞千千样
你是个妙人
是个少年狂

（印地安土人于南京行知园）

图书在版编目（CIP）数据

白月光 / 惠子著.—广州：南方日报出版社，2009.9
ISBN 978-7-80652-872-3

I. 白… II.惠… III.长篇小说—中国—当代 IV.I247.5

中国版本图书馆 CIP 数据核字（2009）第 156461 号

白月光 惠子 著

出版发行：南方日报出版社
地　　址：广州市广州大道中 289 号
电　　话：（020）87373998-8502
经　　销：全国新华书店
印　　刷：广州市怡升印刷有限公司
开　　本：787mm×1092mm　1/16
印　　张：16
字　　数：150 千字
版　　次：2009 年 9 月第 1 版
印　　次：2009 年 9 月第 1 次印刷
定　　价：26.00 元

投稿热线：（020）87373998-8503　读者热线：（020）87373998-8502

网址：http://www.nanfangdaily.com.cn/press　http://www.southcn.com/ebook